Zanzibar

Du même auteur

Les anges brûlent, Fayard, 2003 ; Pocket, 2005.
Un jeune homme triste, Fayard, 2007 ; Pocket, 2010.
Les grands gestes la nuit, Fayard, 2010.
Voyage autour de mon sexe, Grasset, 2015.

THIBAULT DE MONTAIGU

Zanzibar

ROMAN

© Librairie Arthème Fayard, 2013

*Est-il, en effet, d'être assez malheureux,
assez abandonné, pour n'avoir pas
un réduit où il puisse
se retirer et se cacher à tout le monde ?
Voilà tous les apprêts du voyage.*

Xavier de MAISTRE,
Voyage autour de ma chambre

*Et peut-être ne partirai-je pas
pour Zanzibar, ni pour ailleurs...*

Arthur RIMBAUD,
Correspondance

Pour Alexis

1

Nous avons très peu d'informations sur Klein et Vasconcelos. À ce jour, nous ne pouvons affirmer grand-chose, sinon que Klein était un homme fluet, de petite taille, au regard bleu comme un hublot d'avion, qui présentait une ressemblance troublante avec un acteur français en vogue dans les années 80. Sauf que personne ne connaissait cet acteur des années 80 là où Klein voyageait et celui-ci, à son grand désespoir, y passait tout à fait inaperçu. Frustré des égards auxquels cette gémellité, croyait-il, lui donnait droit, Klein nourrissait une rancune vivace à l'encontre du comédien en question, dont la carrière avait connu un déclin brutal au tournant des années 90, condamnant Klein dans son sillage au mépris et à l'anonymat. D'où la rareté des témoignages à son endroit. Ceux qui l'ont côtoyé à l'époque se rappellent surtout ses grands yeux azur, ses cheveux poivre et sel – coiffés avec une raie à droite – et ses jeans, qu'il portait serrés selon une esthétique rock à laquelle il n'avait jamais tout à fait renoncé depuis l'adolescence. Certains l'ont même soupçonné d'être homosexuel, ce qui a ouvert la voie à de nombreuses spéculations quant à sa relation avec Vasconcelos. Mais les diverses interviews qu'ont données ses ex-girlfriends à la presse après le drame – et je pense en particulier à la toute jeune Elma Olafsson qui a partagé sa vie cinq ans durant malgré une série de brouilles, de ruptures et de réconciliations – semblent infirmer cette thèse.

Disons qu'il avait le genre artiste, pour reprendre une expression de sa mère – expression qui n'a plus cours de nos jours, maintenant que tout le monde l'a. Il n'était pas rare de le voir traîner dans le hall des hôtels ou aux abords des piscines avec ses sandalettes, ses écharpes multicolores et son sempiternel Nikon en bandoulière en train de prendre des photos sous les angles les plus étranges et invraisemblables. Car Klein, faut-il le rappeler, était un véritable photographe, bien avant de devenir un usurpateur se faisant passer pour un photographe. Il avait étudié la mise en scène et la prise de vue à l'École nationale supérieure Louis-Lumière, puis avait débuté dans la presse et la publicité avec un certain succès. Plusieurs de ses productions étaient apparues dans des magazines aussi réputés que *Dazed and Confused*, *Another Magazine* ou encore *Vogue Japan*, laissant augurer une carrière riche et prometteuse. Alors pourquoi n'a-t-il jamais persévéré, préférant tout lâcher pour se jeter dans cette hasardeuse entreprise ? Difficile de répondre.

Un célèbre photographe de mode péruvien, dont il fut l'assistant, prétend que Klein, comme la plupart des jeunes gens de sa génération, était impatient de connaître la gloire, et que cette ambition dévorante le poussait à imiter le style de ses glorieux aînés dans l'espoir d'attirer l'attention sur lui. C'est ainsi que Klein avait traversé une période trash et intimiste (Nan Goldin, Larry Clarke), glamour et couleurs sursaturées (Guy Bourdin, David La Chapelle), nus et noir et blanc ultra-stylisés (Richard Avedon, Helmut Newton) ou polaroïds au flash (Jürgen Teller, Terry Richardson). Mais de période Thomas Klein, jamais. Ce qui fut sans doute la grande douleur de sa vie.

L'illustre photographe de mode péruvien, s'estimant lui-même victime de ce délire plagiaire, finira par se séparer de Klein. J'imagine que la jeunesse et le dynamisme de son assistant ont pu porter ombrage au premier nommé et que celui-ci a décidé de le virer par jalousie. Mais cette rumeur, si jamais elle exista, fut aussitôt anéantie par le charme, les relations et l'aura qui entouraient le légendaire photographe de mode péruvien. Du jour au lendemain, Klein fut traité comme un moins que rien. Les clients le fuirent, la profession le bouda, inaugurant une longue série de désillusions auxquelles Klein peu à peu s'habitua, au point d'y voir la marque du destin. Et si nombreux étaient ceux qui louaient encore son professionnalisme, ils étaient tout autant à penser que cette qualité était un frein à sa carrière. Comme si son excès de rigueur et sa passion pour la technique l'empêchaient de créer quelque chose de véritablement authentique. Quelque chose qui fît de lui un artiste et pas seulement un ex-grand espoir de la photographie.

Telle fut la réputation qu'on lui fit et qu'il garda, à moitié par paresse, à moitié parce qu'elle était vraie. Le talent de Klein hélas était empoisonné par l'idée de bien faire. J'en veux pour preuve les photos qu'il rapportait de ses voyages de presse, aujourd'hui épinglées un peu partout sur les murs de mon bureau : des plages à n'en plus finir, des couchers de soleil sirupeux, des enfants tout sourire… Klein était resté ce bon élève qui répétait scrupuleusement les leçons qu'on lui avait apprises, espérant ainsi s'attirer l'admiration de ses proches. Et de fait, nombreux étaient ceux, comme sa mère, qui archivait l'ensemble de sa production dans de croquignolets albums photo à tissu fleuri, ou ses ex-girlfriends – blondes, étrangères et pré-pubères pour la plupart –, qui le considéraient comme un authentique génie et non comme un énième raté devenu escroc par défaut. À cet égard, celle qui l'a mis au monde n'a jamais compris qu'on puisse considérer son fils comme un criminel ou un dangereux fugitif, exprimant dans le seul entretien qu'elle ait accordé au *Daily News* de Zanzibar, ses plus grands doutes quant à la culpabilité de sa progéniture. C'est alors une femme anéantie, qui vient de découvrir que tout l'amour qu'elle a voué à son seul enfant n'a pas suffi à le sauver du précipice. Un passage tout particulièrement a retenu mon attention. Elle y raconte comment Klein, adolescent, avait coutume de rédiger des fiches sur chaque film qu'il allait voir à Paris, empruntant tous les samedis matin la ligne A du RER après s'être abîmé dans le *Pariscope* de la semaine avec une sorte d'avidité encyclopédique, dont la manifestation la plus éclatante était sa collection de vieilles VHS classées par ordre alphabétique et qu'il refusait de prêter à quiconque de peur de voir disparaître ses Dreyer, ses Tarkovski ou même ses nanars avec Belmondo ou Pierre Richard, puis s'en retournait le soir par le même chemin, la tête encombrée de travellings, de champs contre-champs, de faux raccords, de plans-séquences, projetant déjà en esprit son propre film sur la vitre du train derrière laquelle défilaient les barres d'immeuble, les rails de RER, les murs zébrés de tags, les cheveux de fils électriques, les lampadaires courbés de dépit – et lorsqu'il débarquait enfin à Nogent-sur-Marne, où il habitait seul avec elle dans un coquet pavillon en pierres meulières, il tenait généralement un chef-d'œuvre. Seulement, ce chef-d'œuvre n'avait jamais vu le jour, sinon durant ces longs trajets en RER où il réécrivait les longs-métrages qu'il venait de voir en imaginant qu'ils étaient les siens ; résultat, vingt ans plus tard, Klein en était encore à courir les piges et à shooter pour des catalogues japonais, bien loin des espérances qu'on avait placées en lui quelques années plus tôt.

Klein, selon moi, n'a jamais accepté la douloureuse vérité de sa situation. Il suffit pour s'en convaincre d'éplucher les conversations sur Skype qu'il a pu avoir au fil des années avec la jeune Olafsson. Klein vadrouillant de par le monde tandis qu'Olafsson, encore mineure au début de leur relation, était clouée à Reykjavik chez ses parents, les deux avaient coutume de se parler par chat, et ces échanges sont peut-être le meilleur témoignage que nous possédions aujourd'hui pour essayer d'aborder la mystérieuse et complexe personnalité de Thomas Klein. En voici un court exemple :

12 janvier 2008 14 h 22

K : Tu es là, mon chat ?
O : Thomas !!! Tu me manques ! ☹ Quand est-ce que tu viens me voir ?
K : Bientôt mon chat. Il faut juste que je réunisse l'argent nécessaire. C'est un peu difficile en ce moment. Mais je suis sur un plan.

O : C'est quoi ce plan ?
K : Je vais faire une expo.
O : Ouaaah ! Une expo ? Mais c'est génial !!!!
K : Ouais ! J'espère que ça va marcher.
O : Et elle est où cette expo ?
K : Dans un endroit super bien placé.
O : Une galerie ?
K : Non. Un café en bas de chez moi.
O : Cool.
K : Ça a pas l'air terrible dis comme ça mais il y a beaucoup de passage. Et puis plein de gens m'ont promis de venir au vernissage. Il y aura des potes, des amis de ma mère et puis deux ou trois collectionneurs qui ont l'air vraiment intéressés.
O : C'est mortel ! Je suis sûre que tu vas déchirer !
K : Tu penses ?
O : Grave !!! Je suis tellement fière de toi. Quand j'ai raconté à mes copines du lycée que je sortais avec un photographe, elles ont halluciné. ☺
K : J'ai tellement envie de te voir, mon chat. Quand est-ce que tes parents partent en vacances ? Je pourrais peut-être venir dormir chez toi comme la dernière fois.
O : Je sais pas trop… J'ai toujours peur qu'ils nous grillent !
K : Allez ! J'en meurs d'envie. À chaque fois que je pense à notre dernier week-end, je ne peux pas m'empêcher de bander. J'ai encore l'impression d'être là à l'intérieur de toi et tu es tellement trempée que j'ai l'impression que ta mouille coule sur mes cuisses et tu te tiens appuyée contre le

grand vaisselier en bois, les joues toutes rouges tandis que les assiettes s'entrechoquent comme si la terre était en train de trembler sous nos pieds. Je revois tes joues toutes rouges et je ne peux pas m'empêcher de bander.
O : Arrête, tu vas m'exciter !
K : Tant mieux. J'ai envie de t'exciter. J'ai envie d'être le seul à te faire jouir. Je suis le seul n'est-ce pas ?
O : Oui, tu es le seul.
K : Elma. Je suis dingue de toi.
O : Moi aussi, mon chat. Je ne devrais pas te le dire mais l'autre soir, j'ai rêvé qu'on était tous les deux et qu'on couchait ensemble. Tu venais me visiter en cachette dans ma chambre et on passait la nuit à baiser en silence pour que mes parents ne nous surprennent pas. C'était vraiment chaud et j'avais peur et en même temps je ne pouvais m'arrêter de baiser. Puis je me suis réveillée et je me suis retrouvée jambes écartées sur le ventre en train de me frotter contre le rebord du matelas. Tu imagines, la honte ? Je ne sais même pas pourquoi je te dis ça. Tu dois me trouver ridicule.
K : Mais non. Tu es mignonne, mon chat. En tout cas, je te promets de venir bientôt. Si je n'avais pas cette expo, je serais déjà là.
O : OK ! Je croise les doigts. Je suis sûre que ça va marcher du tonnerre et que tu te feras plein de thunes pour venir me voir.
K : Oui, moi aussi, j'espère que ça va cartonner. Je sens que ma carrière est à deux doigts de décoller.

En plus un nouveau magazine vient de me contacter pour partir en reportage. Ils veulent que j'accompagne un journaliste. Tu verrais son nom : Santos Alvarez de Vasconcelos. Au début, j'ai cru à une blague. Mais bon, c'est toujours bon à prendre. J'ai l'intuition que de grandes choses vont m'arriver.
O : OK, bébé. Je pense fort à toi.
K : Moi aussi, je pense à toi. Je t'embrasse, mon chat.

2

Avant d'en venir à Vasconcelos, je tiens à préciser que je n'ai jamais eu pour ambition d'écrire une enquête sur cette affaire, et si je me retrouve à le faire aujourd'hui, c'est sur la demande expresse de mon éditeur. Cette offre, pour tout dire, m'a surpris : je n'avais rédigé jusqu'ici que des autobiographies de stars, des témoignages tapageurs, des confessions à l'eau de rose, des essais politiques, ainsi que trois romans publiés sous mon nom, passés inaperçus. Soit la production classique d'un nègre littéraire doublé d'un écrivain frustré. Mais d'enquête criminelle, jamais. Le genre m'était tout à fait inconnu. Pire : les noms de Klein et de Vasconcelos ne m'évoquaient absolument rien, et si j'ai fini par accepter, c'est pour des raisons pécuniaires. L'argent, dans mon métier, est une excellente source d'inspiration.

Un autre argument a pesé dans ma décision : aucune recherche, ou presque, ne m'était demandée. Mon cher éditeur avait réuni toute la documentation nécessaire dans un dossier qu'il devait m'envoyer par la poste, de telle sorte qu'il ne me restait plus *qu'à foutre les pieds sous la table et à pondre le livre*, selon ses propres termes. Tant d'attention et de délicatesse de la part d'un type qui m'exploite depuis des années a de quoi laisser rêveur. Mais il n'y a guère de place pour les questions et les états d'âme dans la carrière d'écrivain fantôme qui est la mienne. Je ne suis qu'un homme de main, ou de plume si l'on préfère. J'ai l'habitude de changer de style comme de chaussettes. Peu m'importe de savoir qui sont les êtres dont on me confie la vie ; mon job reste le même : les sauver du néant en donnant à leur misérable et chaotique existence l'apparence d'un récit cohérent. Aussi, lorsque trois jours plus tard je reçus une chemise cartonnée barrée du titre « Klein et Vasconcelos » dans la petite maison de Pressagny-l'Orgueilleux où je vis retiré la plupart de l'année, passant mes journées à écrire les histoires des autres tout en sifflant des canettes de Coca light et en dévorant des paquets de Tuc goût oignon, j'ai compris qu'il n'y avait plus de machine arrière possible. Ce serait Klein et Vasconcelos. Dont acte.

Aujourd'hui encore, en examinant leur dossier – composé essentiellement de photos, d'interviews, de reportages ou encore de la célèbre correspondance Klein-Olafsson précitée –, je m'étonne que les deux hommes aient pu susciter un tel intérêt. Klein, passe encore. Il s'agit d'un garçon fragile et influençable, ayant connu de nombreuses désillusions au cours de son existence, et dont le destin tragique ne peut qu'éveiller la compassion. Mais Vasconcelos...

D'après les documents en ma possession, il s'agit certainement d'un faux nom. Vasconcelos a toujours prétendu venir d'une riche famille de propriétaires terriens, du Brésil ou du Mozambique, selon les récits qu'il en faisait, mais le plus probable est qu'il s'appelait Dupont ou Lefebvre ou quelque chose dans ce goût-là. Vasconcelos avait tendance à extrapoler la réalité, défaut qui se retrouve notamment dans ses nombreux articles de voyage – à l'époque où il était encore un véritable journaliste et non un escroc se faisant passer pour un journaliste.

Dans les reportages dont nous disposons aujourd'hui, son absence de rigueur quant aux faits rapportés tout comme son style lyrique et exalté attestent une forte propension à magnifier le réel et parfois à s'en foutre tout bonnement. Ce qui a fait dire à certains critiques que Vasconcelos était un poète, et à d'autres, un exécrable journaliste. Les avis divergent sur la question – génie ? écrivaillon ? pisse-copie ? Ce qui est certain aujourd'hui, c'est que Vasconcelos – ou peu importe son nom – nourrissait des ambitions littéraires et que ces ambitions auraient été fortement contrariées s'il s'était appelé Dupont ou Lefebvre.

L'origine de son pseudonyme demeure floue : il s'agit peut-être d'une référence au mannequin Tascha de Vasconcelos, qui connut une certaine gloire durant son adolescence et ne fut pas loin d'épouser Albert de Monaco selon la presse people de l'époque, ou à la vieille maison de porto Vasconcellos dont il aurait visité les chais durant un week-end œnologique dans la ville portugaise ou encore d'un hommage à l'écrivain mexicain José Vasconcelos Calderon, qui fut un ardent soutien des indigènes, des peintres muralistes et de l'éducation publique dans son pays avant d'écrire des articles élogieux sur Hitler ou Mussolini, ce qui ne fut pas du meilleur effet sur la suite de sa carrière après guerre. Sur ce point, rien n'est tout à fait clair. Mais j'imagine volontiers qu'en le voyant arriver avec son teint hâlé, ses cheveux noir animal qu'il plaquait en arrière – à la manière des mafiosi ou des professeurs de tango – et ses éternelles bottes en python craquelées, peu doutait qu'il s'appelât sincèrement Vasconcelos et vînt d'une lointaine et riche famille de propriétaires terriens lusophones.

Ce que presque personne ne soupçonne en revanche, c'est que Vasconcelos, malgré ses grands airs, peinait à joindre les deux bouts. Peu avant de se livrer à sa première supercherie, Vasconcelos en était encore, en plus de ses piges, à écrire des dossiers de presse pour des produits cosmétiques, des bandes-annonces pour des chaînes du câble, des synopsis pour des boîtes de documentaires, des notices de médicaments contre les douleurs d'estomac et des contenus pour des sites féminins dédiés à la cuisine, à la mode ou à la décoration d'intérieur.

Sa grande erreur sans doute avait été de se lancer dans la presse écrite à l'aube des années 2000, ce qui, selon ses propres dires, était comme de s'établir maréchal-ferrant au milieu des années 20, en plein boom de l'automobile. Avec l'arrivée des gratuits et le développement fulgurant d'Internet, la profession avait été ravagée. Sur les trente-neuf élèves de sa promotion au Centre de formation des journalistes – où il était déjà inscrit sous le nom alambiqué de Santos Alvarez de Vasconcelos –, seuls trois avaient trouvé un CDI après deux ans de vie professionnelle ; douze jonglaient de CDD en CDD dans l'angoisse qu'un jour ceux-ci ne soient plus renouvelés, dix-huit vivotaient de piges et autres subterfuges pouvant aller du travail de nègre à la rédaction de publireportages pour l'industrie pharmaceutique, trois habitaient encore chez leurs parents, deux étaient devenus escort-boys et un s'était suicidé.

Aucun d'eux malheureusement n'a gardé un souvenir précis de Vasconcelos. Et pour cause : il n'était jamais là, et, les rares fois où il daignait assister aux cours, il demeurait drapé dans un mutisme que d'aucuns ont pris pour du snobisme et d'autres de l'ennui. Lorsque ses professeurs l'interrogeaient, il avait coutume de répondre de façon cinglante, scandalisant les esprits les plus tolérants ou démontrant par X ou Y qu'ils étaient tous de sombres imbéciles qui n'entendaient rien à rien. Il semblerait que Vasconcelos mettait un point d'honneur à exprimer les avis les plus contraires à ceux de ses interlocuteurs, comme si déplaire pour lui était la seule façon honorable d'exister. Ce goût de la contradiction, ou de l'outrage, selon qu'on considère les choses, intimidait ses camarades, qui y voyaient une forme d'intelligence originale mais vaine, amenée à soutenir tout et son contraire comme si rien au final n'avait d'importance... Et, de fait, rien ne semblait retenir l'attention de Vasconcelos, ni les filles, ni les études, ni son avenir professionnel, dont il aimait se moquer par avance au grand dam de ses condisciples qui caressaient encore l'idée de changer le monde par la grâce de leur plume et de leur témoignage. Pour ces reporters en herbe, la presse représentait encore un contre-pouvoir qu'il convenait d'utiliser afin de sensibiliser l'opinion publique sur des problèmes qui ne trouvaient pas suffisamment d'écho dans le vacarme du monde moderne. Aux yeux de Vasconcelos, ce n'était qu'une industrie en faillite, amenée à disparaître au même titre que les filatures ou les houillères du Nord, et dans laquelle il avait choisi de travailler par une sorte de vaine nostalgie, de fidélité à un passé qui n'était plus et que certains – des vétérans au visage buriné par le soleil et à la voix rauque de vieux fumeur – lui avaient dépeint comme un âge d'or où l'argent coulait à flots et où tout le monde baisait avec tout le monde.

Tous finirent par l'ignorer, sauf un : Alban Verhaeghe. Journaliste reporter d'images à LCI, celui-ci s'est mis à travailler en parallèle à moi sur un documentaire qui retrace le parcours et la personnalité troublante de son célèbre condisciple. Disons-le d'emblée : Verhaeghe est un pauvre type. Je le dis d'autant plus volontiers que j'appartiens moi-même à cette sinistre confrérie de losers sympathiques. Timide, grassouillet, obnubilé par la figure de Vasconcelos, qu'il vénère comme un dieu au point de collectionner les devoirs et journaux d'école de l'époque – des torchons pour la plupart –, il n'a rien de commun avec son ancien camarade... J'avais en tête de lui poser quelques rapides questions par téléphone, décidé à ne pas trop perdre de temps sur ce chapitre, mais Verhaeghe, bafouillant d'émotion, n'a même pas été capable de répondre à une seule.

— Qu'est-ce que vous pourriez me dire sur lui ?
— Je ne sais pas.
— Il buvait ?
— Un peu.
— Des drogues ?
— C'est possible.
— Et les filles ?
— Les filles ?
— Il sortait avec des filles ?
— Vasconcelos était très discret, vous savez. Il ne donnait pas l'impression d'être *là*, avec vous. Ce n'était pas quelqu'un de réel. C'était plus comme... une idée. Vous voyez ce que je veux dire ?

Bien que je ne visse absolument pas ce qu'il voulait dire, j'ai obtenu de Verhaeghe qu'il m'envoie une première mouture du film qu'il venait tout juste d'achever. Et c'est ainsi que je me retrouvai dans mon bureau par un triste après-midi de novembre à visionner pour la première fois *Looking for Vasconcelos* tandis que la pluie tambourinait contre la vitre et que les peupliers en bordure de Seine se tordaient sous le vent. Si je devais décrire le film, je dirais que c'est une promenade en noir et blanc, avec de longs plans-séquences empreints de nostalgie où la voix off de Verhaeghe, aussi molle et hésitante qu'au téléphone, raconte à la première personne sa relation avec Vasconcelos et les endroits qu'ils avaient l'habitude de fréquenter à l'époque.

Je me souviens que nous allions souvent déjeuner au restaurant auvergnat de la rue Léopold-Bellan, dit la voix off tandis que, caméra à l'épaule, Alban Verhaeghe pénètre dans un étroit établissement aux nappes de toile cirée et aux sombres boiseries. *Nous étions certains ici de ne trouver personne et, bien que Vasconcelos supportât mal cette cuisine riche et rudimentaire, il continuait d'y retourner plutôt que de se risquer dans les sandwicheries ou les salad-bars à la mode du quartier. Il commandait toujours l'escalope de veau et un pichet de vin rouge qu'il m'obligeait à partager avec lui. Je n'aimais guère me retrouver ivre en cours, mais la crainte de déplaire à Vasconcelos était plus forte que tout et nous finissions très vite le pichet avant d'en reprendre un autre puis encore un autre et ainsi de suite jusqu'à ce que Vasconcelos décide de s'arrêter, car il n'arrivait plus à mettre un mot devant l'autre... C'est au cours de l'un de ces déjeuners qu'il me parla pour la première fois du livre qu'il était en train d'écrire et auquel il consacrait toutes les heures qu'il volait au CFJ. Il me le dépeignit comme une vaste expédition, une épopée littéraire, un voyage au long cours qui devait l'emmener dans des régions de la conscience humaine où personne n'était encore allé et où personne n'irait jamais après lui, puis il se tut brusquement comme si son esprit venait de buter contre une marche qu'il ne pouvait gravir et il s'empressa de commander l'addition. C'est moi qui t'invite, lança-t-il. Bien évidemment il n'avait pas un sou sur lui et je me retrouvai comme à chaque fois à lui prêter quelques euros pour qu'il m'offre mon repas. Je me demande encore aujourd'hui si ce livre existe vraiment et si Vasconcelos l'a jamais écrit, mais à chaque fois que je retourne dans le petit restaurant auvergnat de la rue Léopold-Bellan, j'ai l'impression que Vasconcelos est encore là, devant moi, et qu'il me raconte ce grand livre qu'il écrira un jour.*

Je me suis repassé plusieurs fois l'extrait en essayant de comprendre comment un type comme Verhaeghe, si consciencieux et réservé, pouvait admirer un taré tel que Vasconcelos. Menteur, capricieux, despotique, profitant de Verhaeghe comme d'un faire-valoir, il ne pouvait se résoudre à mener une existence médiocre comme les autres. D'où sa décision, après quelques années de galère et de petits boulots sans lendemain, de se spécialiser dans les parutions liées au tourisme et à l'art de vivre.

À partir de cette époque, j'ai retrouvé sa signature – Santos de Vasconcelos le plus souvent, mais aussi des hétéronymes originaux tels que Stefano Valbonesi, Solal Van de Velde ou encore l'étonnante Shirley Vincent – dans de nombreuses revues telles que *L'Officiel Voyage*, *Hotel et Lodge*, *Art*

Travel, *Condenast Traveller*, mais également dans les pages tourisme des principaux quotidiens et hebdomadaires. En plus de lui rapporter de l'argent, ces diverses collaborations lui permettaient de goûter à un luxe dont il estimait avoir été trop longtemps privé par la faute d'une carrière balbutiante et d'un contexte économique défavorable. Logé dans les plus beaux hôtels du monde, à l'intérieur de suites dont les salles de bain faisaient trois fois la taille de sa chambre de bonne, rue de Varenne, il pouvait enfin s'atteler en toute quiétude à la grande œuvre littéraire qu'il s'était promis d'écrire.

Même s'il sortait rarement de sa chambre et ne participait qu'à contrecœur aux excursions avec les autres journalistes, Vasconcelos fut bientôt considéré comme un reporter spécialisé dans le voyage dont la plume virtuose avait le don de transformer n'importe quel endroit en paradis terrestre, quand bien même il n'avait fait que l'apercevoir à travers un bout de fenêtre. En ce sens, il appliquait à la lettre la méthode de son mentor, Jayson Blair, ce journaliste du *New York Times* licencié en 2003 après avoir bidonné un nombre incalculable de reportages. Blair avait l'habitude d'écrire ses articles en tongs et en jogging depuis son appartement de Brooklyn tout en faisant croire à sa rédaction qu'il était parti enquêter plusieurs jours sur le terrain. Dans son autobiographie, Blair raconte notamment le jour où, censé couvrir un concert au Madison Square Garden, il s'était retrouvé, faute d'accréditation, à suivre l'événement sur un téléviseur depuis le bar d'à côté, buvant des scotchs et sniffant de la cocaïne aux toilettes tout en essayant de décrire l'ambiance électrique en tribune. Ce fut un de ses meilleurs papiers et sa rédaction le félicita. Bientôt il fut promu et ses histoires se retrouvèrent de plus en plus souvent en première page. Blair s'appuyait sur des photos, des conversations téléphoniques ou des articles rédigés par d'autres journalistes afin de rester le plus proche de la vérité possible, mais il l'arrangeait à sa façon pour la rendre encore plus saisissante. Méthode que, j'ai le regret d'avouer, j'applique souvent dans mon travail. Car la vie en soi est pleine de lourdeurs et d'incohérences, et seule l'imagination parvient à nous sauver de l'ennui et du vide auxquels nous sommes condamnés. La vie en soi ne mérite d'être vécue que si elle est *racontée*, et il suffit parfois que je lève la tête du texte que je suis en train d'écrire pour me mettre à trembler devant l'inconsistance de ma propre existence.

Vasconcelos, suivant aussi les préceptes blairiens, rencontra un succès grandissant. On le sollicita de plus en plus ; son nom commença à circuler ; bref, il fut connu. Ce qui devait lui offrir de nombreuses libertés lorsqu'il commencerait à frauder hôtels et compagnies aériennes pour de prétendus reportages qui ne paraîtraient jamais. Mais qui aurait pu s'en douter alors ?

3

Bien évidemment, ce sont les circonstances de leur mort à Zanzibar qui ont intrigué le grand public et attiré l'attention sur leur absurde cavale. Les noms de Klein et de Vasconcelos étaient à peu près inconnus dans leur pays avant que l'on ne les retrouve, l'un attaché à un poteau sur la grève de Jambiani, le corps déchiqueté par des poissons – vraisemblablement des barracudas, même si certains ont évoqué des requins-tigres – et l'autre pendu au ventilateur de sa villa, dont les pales – à la façon d'un carrousel morbide – tournaient encore lorsqu'on l'en décrocha.

Selon toute probabilité, Klein est mort de noyade et il avait déjà perdu connaissance lorsque les barracudas, ou les requins-tigres selon les versions, s'attaquèrent à lui. Il est possible que Klein ait éprouvé les premières morsures des carnivores alors qu'il avait encore la tête hors de l'eau et se débattait entre ses liens, mais, les marées montant prodigieusement vite sur cette côte sud de l'île, il a dû manquer de souffle assez vite et périr d'asphyxie bien avant que ses organes vitaux ne soient dépecés.

Quant à Vasconcelos, il est établi qu'il a succombé à une anoxie cérébrale consécutive à sa pendaison, même si le doute subsiste à propos du ventilateur : était-il déjà en marche lorsque Vasconcelos a glissé la tête à travers le nœud de la corde – ce qui demanderait une agilité dont Vasconcelos était généralement avare – ou quelqu'un l'a-t-il activé par la suite ? Ce dernier détail, comme on l'imagine, a attisé bon nombre de rumeurs et d'hypothèses farfelues, dont la moins étrange n'est pas celle qui voudrait que Vasconcelos ait réussi à atteindre l'interrupteur avec son pied et à mettre en branle le ventilateur une fois pendu.

Très vite, trois pistes retinrent l'attention de la police zanzibarite :

— le numéro de téléphone, griffonné sur un bout de papier, d'une dénommée Princess, qui se révéla, après plusieurs essais infructueux, celui du Centre pour la préservation de la genette servaline (une espèce de carnivore nocturne apparenté à la martre) ;

— le film autobiographique que Klein et Vasconcelos avaient commencé à tourner peu avant leur disparition et dont les trente minutes de rushes font surtout penser à une vidéo de vacances ratée ou à un documentaire expérimental tourné en caméra cachée ;

— les fameux carnets Moleskine de Vasconcelos, où celui-ci était censé noter ses impressions de voyage, mais qui étaient couverts principalement de gribouillis ou de titres en prévision de son futur chef-d'œuvre.

Autant dire que la police n'en tira rien ou presque. Inquiets de l'ampleur médiatique prise par l'affaire et pressés par le temps, les enquêteurs zanzibarites conclurent, faute de mieux, à un double suicide. C'est la thèse la plus communément admise aujourd'hui. Klein et Vasconcelos se savaient en bout de course ; plusieurs mandats d'amener avaient été livrés ; leurs ressources touchaient à leur terme ; ils ont préféré en finir. Pour ma part, j'ai du mal à croire à cette version des faits et beaucoup de questions demeurent en suspens : le coup du ventilateur, l'absence de lettre justificative, les projets et les espoirs exprimés par Klein dans sa correspondance avec la jeune Olafsson... Mais je ne suis pas inspecteur de police et les seules énigmes que j'ai réussi à résoudre durant ma brève et fastidieuse existence sont le meurtre du docteur Lenoir lors d'une partie de Cluedo (c'était mon cousin) et le départ précipité de ma femme (c'était le voisin). En définitive, je doute que les circonstances de leur décès aient une si grande incidence sur le sens de cette histoire ; la question, comme souvent, n'est pas tant de savoir ce qui s'est produit à

Zanzibar, mais comment Klein et Vasconcelos ont pu en arriver jusque-là.

Je ne peux nier en revanche que la thèse du suicide ait grandement contribué à leur légende : si Klein et Vasconcelos étaient morts à la suite d'une piqûre de frelon ou après avoir avalé de travers une arête de rascasse ou de turbot tropical, nous en parlerions beaucoup moins aujourd'hui. Certains sont même allés jusqu'à affirmer, comme l'essayiste serbe Miroslav Zivonjic qui a consacré plusieurs articles ainsi qu'un livre à l'affaire (*Les Derniers Jours du capitalisme)*, que leur suicide était une mise en scène savamment orchestrée, une sorte de *sacrifice spectaculaire à la gloire d'un néo-hédonisme anarcho-révolutionnaire.*

Zivonjic n'est pas à une provocation près et sa lecture de la disparition des deux garçons comme le symbole d'un retour aux éléments naturels bafoués par notre société matérialiste – la plongée sous l'eau pour Klein et l'élévation dans les airs dans le cas de Vasconcelos – a fait couler beaucoup d'encre.

Des voix dissidentes se sont élevées pour dénoncer cette opinion, ainsi que *l'interprétationite aiguë* dont souffrirait Zivonjic selon les mots du philosophe Alain Bernard. D'après Bernard, qui n'est pas à une polémique près, la mort de Klein et de Vasconcelos ne prouve rien, sinon qu'ils étaient tous deux des *escrocs à la petite semaine qui rêvaient de gloire et de paillettes et n'auront pour toute postérité que poussière et vers de terre (Notes et commentaires)*. Bernard, agacé par le tintamarre autour de l'affaire, soutient que Klein et Vasconcelos étaient trop lâches pour se suicider et qu'ils ont selon toute vraisemblance été assassinés. Un règlement de comptes crapuleux. Un minable fait divers. *L'énième chronique de l'abâtardissement mental de notre civilisation,* dixit Bernard.

Je n'ai pas une sympathie débordante pour Bernard, qui a toujours eu tendance à confondre la puissance et la justesse d'une idée avec l'écho qu'elle pouvait trouver dans la sphère médiatique, mais sa théorie n'est pas sans attraits. Klein et Vasconcelos comptaient de nombreux ennemis et il n'est pas impossible que l'un d'eux ait pu essayer, directement ou indirectement, d'attenter à leurs jours. On pourrait imaginer par exemple qu'un tueur à gages, envoyé par un hôtelier floué ou un voyagiste arnaqué, soit parvenu à retrouver leurs traces et à les liquider en maquillant leur meurtre en suicide. Rien a priori ne prouve le contraire, même s'il paraît assez surprenant que deux Pieds nickelés comme Klein et Vasconcelos aient pu être l'objet d'une chasse à l'homme et qu'on ait choisi de les supprimer avec les égards que l'on réserve d'habitude aux ex-agents du FSB ou aux trafiquants repentis bénéficiant du programme de protection des témoins. Il y a loin entre les deux hommes et ces victimes sacrificielles rattrapées par leur passé criminel. Car de quoi sont-ils coupables au fond ? Klein et Vasconcelos n'ont jamais reçu de leurs hôtes que l'hospitalité, quelques repas et des babioles qu'ils fauchaient ici et là et revendaient à prix cassé sur eBay en utilisant divers pseudonymes plus ou moins tarabiscotés. Rien en tout cas qui justifierait d'engager des frais pharaoniques pour se lancer à leur poursuite, et encore moins les éliminer dans des conditions aussi obscures et atroces. Même Marat Garayev, le terrible ministre du Tourisme azéri, qui les a reçus à grands frais pendant près de trois semaines avant de découvrir la supercherie et de les poursuivre à travers toute la ville, a toujours renoncé à employer la violence, se contentant de déclarer que, si un jour il les retrouvait dévorés par des loups dans une clairière isolée ou broyés sous une dameuse à béton, il ne les pleurerait pas.

Autre éventualité : la police ou les services secrets, qui, lassés par les frasques des deux complices, auraient décidé de se débarrasser du problème une bonne fois pour toutes. Mais, là encore, difficile de croire que deux anciens pigistes dont les casiers judiciaires se résumaient jusque-là à une condamnation pour conduite sous l'emprise de stupéfiants (Vasconcelos) et à une autre pour chantage, violence verbale et destruction du bien public (Klein à la suite d'une dispute avec la jeune Olafsson), fussent considérés comme des criminels internationaux dont les photos pavoisaient les commissariats du monde entier sous la mention honorifique : *Most wanted*. Malgré la constance et le talent avec lesquels ils abusaient leurs hôtes, malgré les rumeurs de trafics et les différentes usurpations d'identité auxquelles ils se livrèrent, malgré le scandale du Grand Hôtel Europe à Saint-Pétersbourg, qui marqua le début de leur carrière, et celui du Park Hyatt Bakou, qui en précipita la chute, Klein et Vasconcelos n'ont jamais été pris au sérieux. Même le juge d'instruction chargé de leur affaire avait plus ou moins renoncé à poursuivre son enquête à l'époque des faits, préférant donner sa priorité à des dossiers plus brûlants, comme les scandales financiers et les détournements de fonds publics qui se multipliaient à l'époque. J'imagine que cette décision les chagrina beaucoup, eux qui étaient si sensibles à leur image et à l'attention qu'on pouvait leur accorder.

Une troisième piste, évoquée par Bernard, désignerait des trafiquants sur l'île qui auraient eu maille à partir avec les deux hommes. Nous savons que Klein et Vasconcelos avaient l'habitude de se livrer à de menus trafics selon les endroits où ils séjournaient et que Vasconcelos, qui avait un faible pour le cannabis, a très certainement envoyé plusieurs enveloppes d'herbe vers l'Europe à des clients prêts à débourser près de cent euros pour dix grammes que lui-même achetait au dixième du prix. Il n'est donc pas impossible que Klein et Vasconcelos aient pu se retrouver impliqués dans certaines affaires – marijuana ? corail rose ? tortues géantes ? – et que celles-ci aient mal tourné. Mais encore une fois ces activités n'ont jamais constitué un véritable gagne-pain, et, s'ils ont ambitionné, à un moment ou à un autre, de développer leur association et de générer des revenus plus importants, ce fut un échec.

Reste une quatrième et dernière hypothèse : Klein aurait tué Vasconcelos avant de mettre fin à ses jours ou vice versa. Querelle d'argent ? Crime passionnel ? Geste de désespoir comme en ont certains pères de famille, qui décident d'éliminer leur progéniture avant de se supprimer à leur tour ? Tout est envisageable. La mère de Klein, qui n'a jamais cru au suicide, a longtemps soutenu cette version des faits. Selon elle, Klein était sous l'influence de Vasconcelos, qui l'aurait obligé à poursuivre leur délirante odyssée alors que son fils aurait préféré se rendre et retrouver son ancienne vie. Quand il aurait cherché à le faire, Vasconcelos aurait choisi de le noyer avant de se tuer à son tour. Telle fut la teneur de ses déclarations au *Daily News* de Zanzibar lorsqu'elle vint chercher le corps de son fils, ou ce qu'il en restait, afin de le rapatrier en France.

Personne en revanche ne réclama le cadavre de Vasconcelos, si bien qu'il fut décidé de l'enterrer dans le cimetière chrétien de Stonetown, où il se trouve encore aujourd'hui. Situé vis-à-vis du cimetière musulman, il en est séparé par une route bruyante et défoncée où défilent à longueur de journée camions chargés de corail et femmes aux voiles multicolores. Sur le bas-côté, une longue colonne d'ouvriers, torse nu, la peau luisante de sueur, pioche la terre afin d'enfouir une canalisation censée apporter l'eau courante au village voisin. Mais l'eau n'y est encore jamais arrivée et chaque soir les ouvriers délaissent leur tranchée à la grande joie des enfants qui s'y dissimulent pour se livrer à des jeux de guerre, se balançant des écorces de noix de coco à l'aide d'élastiques les uns sur les autres. Puis la nuit tombe et le silence s'empare de l'île. C'est à ce moment que les singes à crête rouge descendent de la forêt voisine pour envahir le cimetière, se glissant entre les allées pour dévorer les bouquets de fleurs au pied des petites croix blanches et forniquer sur les tombes. Sur celle de Vasconcelos, on peut encore lire : *Santos Alvarez de Vasconcelos, touriste professionnel.*

4

Si je me fie à la correspondance entre Klein et Olafsson, les deux hommes se sont connus lors d'un voyage de presse. Encore que les choses ne soient pas tout à fait claires à ce sujet. Klein et Vasconcelos auraient pu tout aussi bien se croiser dans un premier temps à Paris, là où ils habitaient tous les deux, y fréquentant sensiblement le même type de gens, à savoir, pour la plupart, des journalistes, des photographes, des graphistes, des attachés de presse, des créateurs de site, des comédiens, des producteurs, des scénaristes – ou le plus souvent des chômeurs écrivant un scénario –, des éditeurs, des publicitaires, des assistants, des assistants d'assistant, et de façon plus générale toute personne susceptible de leur fournir un travail, une recommandation ou une invitation à déjeuner.

Il est possible aussi qu'un de leurs amis communs sur Facebook – ils en avaient trois avant que leurs profils ne soient bloqués et qu'ils disparaissent du réseau social – les ait brièvement présentés, mais qu'aucun d'eux n'ait formulé à l'autre une demande d'ajout à sa liste d'amis, que ce soit par orgueil, négligence ou simple mépris. On pourrait même aller jusqu'à penser qu'ils se sont retrouvés dans le même bar ou le même café, le même jour à la même heure, à seulement cinquante centimètres l'un de l'autre, le premier demandant le bol de sucrettes au second ou le second réclamant le journal au premier, sans se douter un seul instant que leurs destins seraient liés et qu'ils finiraient tous deux par mourir à Zanzibar quelques années plus tard dans des circonstances violentes et controversées.

Tout ceci appartient au domaine de la conjecture, et la seule information précise dont nous disposions aujourd'hui a trait à leur premier voyage. En mai 2008, Klein et Vasconcelos sont partis en reportage sur l'île de Jura, au nord-ouest de l'Écosse, pour le compte du magazine *L'Officiel Voyage*. Vasconcelos s'est occupé du texte et Klein des photos. D'après le rédacteur en chef du magazine, que j'ai réussi à joindre par téléphone après de multiples tentatives (il passe sa vie à l'extérieur, en voyage de presse), les deux hommes n'avaient jamais travaillé ensemble et ce périple constituait en quelque sorte un baptême. Baptême qui fut pour le moins mouvementé puisqu'il reçut par la suite plusieurs plaintes de l'attachée de presse chargée du voyage, ainsi que des habitants de l'île, dont la tranquillité fut mise à mal par les deux énergumènes. Klein et Vasconcelos furent accusés entre autres d'avoir tiré sur des cerfs à moins de dix mètres, les visant avec un fusil de chasse depuis la fenêtre de leur chambre, de s'être déclarés proserbes lors d'un match de Coupe de l'UEFA Glasgow Rangers-Partizan Belgrade, suscitant la fureur du seul pub de l'île, scandalisé par leurs cris de joie et leurs provocations après la victoire du club belgradois, et d'avoir vidé à grand bruit l'intégralité des bouteilles de whisky rare dans le lodge où ils résidaient, avant de kidnapper en pleine nuit le chef de cuisine pour qu'il leur prépare un banquet de tous les diables. Le rédacteur en chef de *L'Officiel Voyage* n'a pas été en mesure de me confirmer ces allégations, mais je ne doute pas qu'il y ait une part de vérité dedans.

— Vous allez citer notre magazine ? m'a-t-il demandé à la fin de notre entretien.

— Sans doute.

— Tant mieux.

— Ce ne sera pas très flatteur.

— Peu importe. L'essentiel, c'est qu'on parle de nous. Les annonceurs adorent ça. J'espère simplement que ça marchera.

— Quoi donc ?

— Votre bouquin.

— Pourquoi pas ?

— Une histoire sur ces deux zigotos, vous croyez que ça intéressera quelqu'un ?

Je n'ai pas eu le temps de lui répondre ; un taxi l'attendait en bas de chez lui. Il repartait en voyage de presse et je suis retourné à mon bureau, face au spectacle inchangé de la campagne normande engloutie sous des hectolitres de pluie. Lorsque je songe à tous ces individus qui sillonnent la planète tandis que je reste prostré sur ma chaise à fixer la petite barre clignotante de mon traitement de texte en attendant que de minuscules lettres s'en échappent, j'éprouve une sorte de vague nostalgie et peut-être même de dépit. Klein et Vasconcelos, pour ridicules qu'ils fussent, ont eu au moins le courage de vivre leur vie comme un roman, tandis que moi... Mais je m'égare encore et il vaut mieux pour l'heure que je me focalise sur ce fameux reportage en Écosse qui devait marquer le début de leur scandaleuse association. Plus que les photos de Klein – des photos en noir et blanc de paysages brumeux et mélancoliques composés de pins et de montagnes pelées à la manière des pionniers américains comme Ansel Adams ou Edward Weston –, c'est surtout l'article de Vasconcelos qui peut nous renseigner sur ce qui s'est réellement produit à Jura. Le voici dans son intégralité :

L'Officiel Voyage numéro 32

Une île inspirée

La petite île de Jura, à l'ouest des côtes écossaises, est un paradis pour écrivains où vous risquez de croiser Homère, George Orwell et Will Self… À vos stylos ! Texte de Santos de Vasconcelos. Photos de Thomas Klein.

Où trouvez-vous l'inspiration ? Voilà une question que l'on pose souvent aux écrivains sans qu'ils soient toujours capables d'y répondre. Pour ma part, j'envisage deux solutions : l'attendre comme un bœuf, ainsi que le préconisait Franz Kafka, ou bien mettre les voiles, toutes affaires cessantes, sur l'île de Jura. 5 000 cerfs, 186 habitants et une excellente distillerie de whisky single malt - n'y a-t-il pas meilleure équation au monde pour se mettre à écrire ? George Orwell l'avait bien compris qui vint s'y installer en 1946 à l'invitation de la famille Astor. Il y travailla d'arrache-pied pendant deux ans et acheva son nouveau roman. Le titre ? *1984*.

Mais rassurez-vous, vous n'êtes pas obligés d'être un intime de cette illustre famille de businessmen et politiciens anglo-saxons pour séjourner sur Jura. Il existe désormais un luxueux lodge installé dans l'ancienne maison de maître de la distillerie qui fut construite au début du XIXe. Canapés club, trophées de chasse, coquillages et vieilles malles, il s'en dégage une atmosphère à la fois chic et rustique, champêtre et raffinée, dont les Anglais ont fait un mot : cosy. Les chambres, au premier étage, ont un avant-goût de campagne, tout en boiseries et tissus fleuris. Les parquets craquent comme des bûches dans une cheminée ; les cuivres patinés ont des couleurs de feuilles mortes. Le salon et la cuisine ouverte, au second, continuent de vous transporter dans un autre monde où forêt et mer se rejoignent, distillant une litanie de détails qui laissent rêveur : plantes collées sous verre, mâchoires de requin, armure de chevalier en laqué blanc…
Ne reste plus qu'à vous installer avec votre ordinateur face à la mer,

laissant le pub et la distillerie à votre droite, quelques petites maisons blanches sur votre gauche, et devant, le « Sound of Jura », comme un miroir étale et argenté où se reflètent vos moindres pensées. Si l'inspiration vient toujours à manquer, essayez l'un des délicieux whiskies de l'île qui vous attendent sur le chariot d'apéritifs. Le Superstition, à la fois frais et tourbé, idéal en apéritif, donne des envies de nouvelles à la Conrad, évoquant marins et typhons. Le 18 ans d'âge, plus riche, plus cuivré, plonge dans l'univers légendaire de Walter Scott et des grandes forêts écossaises. Quant au 21 ans d'âge, eh bien c'est Dante, c'est Shakespeare, c'est Joyce !

Mais gare à l'ivresse. Il est temps de revenir aux nourritures terrestres. Homard frais ou saumon tout juste pêché dans la rivière, vous voici seul maître à bord de la cuisine. À moins que vous ne demandiez au chef, Graham Pettit, de venir vous préparer un délicieux steak agrémenté d'une sauce au poivre, au paprika fumé et au whisky. Voilà

51

uoi vous remettre les idées en
e. Si elles persistent à courir
se dissiper au vent, n'hésitez
pas à sortir faire un petit tour de
l'île. Cerfs broutant au bord de la
route, jardin botanique, montagnes
pelées, plages de sable blanc : nul
doute que vous trouverez l'illumination. Elle vous attend peut-être
sur cette dalle face à la mer d'où
Lady Nancy Astor avait l'habitude
de taper des balles de golf pour
oublier ses démêlés avec Churchill,
qui lui avait lancé un jour à la
Chambre des Communes : *Madame, vous êtes très laide. - Et vous, vous êtes ivre. - Oui, mais moi, demain, je serai sobre.*

Encore plus au nord, on arrive au
fameux Corryvrechan, un gigantesque
tourbillon marin qui aurait inspiré à
Homère les deux monstres de Charybde
et Scylla. Ici, nulle trace d'Ulysse,
mais un remous effroyable qui vous
aspire tandis qu'au large quelques
dauphins cabriolent. Et si c'était ici
que tout se terminait ? Cela ferait
sans doute une belle mort. Cependant il nous reste une œuvre à écrire
et le bateau finit par s'arracher à

ce maelström avant de s'en retourner au port. L'émotion guette ailleurs. Avec William Mac Donald par exemple, chasseur émérite, qui sait comme nul autre comment tirer les cerfs qui sont légion sur l'île. Voilà matière à un bref récit de chasse, vif et piquant comme la barbe du vieil Hemingway. À moins que vous ne préfériez les histoires sanguinaires que les habitants de l'île vous racontent gaîment au pub : guerre de clans, lords cruels, trahisons, naufrages et menaces de mort… Vite, il est temps de coucher tout cela sur le papier. Les mots se bousculent, les idées s'enchevêtrent. Ne vous inquiétez pas, vous n'êtes pas le seul à passer par là. Will Self *himself* y était l'année dernière, invité par le lodge, qui vient de lancer un programme de résidence pour écrivains. Ni musique, ni télévision, seuls l'océan et le ciel à l'infini comme une mer renversée : si vous ne trouvez pas l'inspiration, alors c'est elle qui finira par vous trouver…

Nous pouvons tirer de cette lecture trois enseignements principaux :

1° La tendance de Vasconcelos à poétiser le réel et à travestir les faits, car il est de réputation publique que l'île de Jura est un trou paumé, doté d'un climat épouvantable, et qu'on s'y ennuie à mourir.

2° Son obsession de l'écriture. Plusieurs indices indiquent que Vasconcelos prenait prétexte de ses voyages pour s'enfermer dans sa chambre et écrire sa grande œuvre plutôt que de visiter les lieux, dont il a de toute évidence une connaissance partielle et tronquée.

3° Un alcoolisme latent qui n'est pas étranger aux deux points précédents.

Satisfait de leur travail, le rédacteur en chef de *L'Officiel Voyage* n'a jamais tenu rigueur à Klein et à Vasconcelos de leurs frasques supposées. La faculté de Klein à changer de style comme de girlfriend et, partant, à s'adapter aux demandes tyranniques des directeurs artistiques, jumelée à la prose hyperbolique de Vasconcelos, capable de faire passer le morne front de mer du Touquet pour la plage gaie et bondée de Copacabana, l'incita, comme d'autres responsables de magazines, à reconduire le duo. C'est ainsi que Klein et Vasconcelos, dans les mois qui suivirent ce premier reportage fondateur, furent amenés à visiter

Barcelone, Istanbul, les îles Éoliennes, Cuba, les vignobles du Chianti ou encore le Lake Palace d'Udaipur. Mais il ne faut pas croire pour autant que les deux hommes vivaient comme des nababs, et, après avoir passé quelques jours dans un de ces lieux paradisiaques, quittant la position horizontale de leur lit pour celle d'un transat ou d'une table de massage où les doigts virtuoses d'une jeune geisha spécialisée dans le shiatsu ou le drainage lymphatique les rendaient peu à peu à l'état de nourrisson, ils retournaient l'un à son trois-pièces de Pigalle et l'autre à sa chambre de bonne de la rue de Varenne, où les factures et les prospectus vomis par leur boîte aux lettres étaient autant de reproches adressés au bonheur qu'ils avaient eu le front de s'autoriser et qu'ils avaient perdu irrémédiablement.

Chaque jour était une succession de marathons administratifs, de joutes téléphoniques pour des paiements en retard, de brainstorming avec des comptables mutiques afin de comprendre l'arithmétique délicate de la TVA et des droits d'auteur ou de rendez-vous kamikazes où ils étaient censés présenter leur book en cinq minutes à des types blasés qui n'avaient accepté de les rencontrer que pour faire plaisir à une lointaine cousine qu'ils avaient sautée il y a trente ans.

Est-ce la raison pour laquelle ils ne restaient jamais longtemps chez eux ? Vasconcelos, qui avait élu la rue de Varenne, malgré des tarifs prohibitifs, parce qu'il n'y croisait jamais personne en dehors des CRS en faction devant les ministères ou des concierges désœuvrées qui aspergeaient à grande eau les trottoirs, passait le plus clair de son temps en voyage de presse ou en reportage à l'extérieur, laissant sa minuscule chambre sous les combles en déshérence, tant et si bien que les rares admirateurs qui la visitèrent lorsqu'elle fut mise en vente après sa mort la décriront comme un taudis : taches d'humidité, odeur de renfermé, installation électrique défectueuse, sans compter la voisine de palier, une chômeuse obèse de trente-cinq ans qui s'entraînait à chanter en karaoké dans l'espoir de participer à la prochaine « Star Academy » et baisait avec des CRS qu'elle recrutait au coin de la rue et que l'on croisait parfois sur le pas de la porte, relevant la braguette de leur uniforme et saluant d'un air martial avant de regagner leur poste.

Klein, de son côté, montrait tout aussi peu d'enthousiasme à squatter dans son trois-pièces de Pigalle et l'abandonnait à la moindre occasion. Le logement lui servait principalement de bureau – mails, archivage, retouches photo –, de lieu de stockage – matériel, images, collection de VHS –, et de garçonnière lorsqu'il ramenait de jeunes étudiantes étrangères draguées en terrasse sous prétexte de les photographier et qu'il sautait jusqu'aux petites heures de l'aube avant de les congédier en invoquant une montagne de travail ou un déjeuner chez sa mère. Nogent-sur-Marne restait sa porte de sortie la plus sûre et il partait s'y réfugier dès que son emploi du temps ou la furie sexuelle de ses partenaires lui offraient quelque répit. Ignorant qu'il allait sur ses quarante ans, sa mère continuait à s'occuper de son linge sale et à lui préparer des plats dont il emporterait ensuite les restes chez lui. Il dormait même chez elle à l'occasion, retrouvant alors ce bonheur infantile d'être tenu pour parfaitement irresponsable. Finalement, les seuls endroits capables de lui faire oublier le pavillon de Nogent restaient les cinq-étoiles que Vasconcelos et lui écumaient en qualité de journalistes invités et où ils pouvaient goûter à ce simulacre d'enfance qu'est la vie dans les hôtels de luxe.

Évidemment, la question se pose de savoir si Klein et Vasconcelos ont pu ourdir leur projet durant ces premiers périples ou si l'idée leur est venue brutalement alors qu'ils se trouvaient déjà au Grand Hôtel Europe de Saint-Pétersbourg. Rien n'indique qu'ils aient cherché durant ces reportages, ou *ces vagabondages éthylico-touristiques*, comme les décrira plus tard le philosophe Alain Bernard, à tirer profit de leur position de journalistes invités ni qu'ils aient trompé qui que ce soit sur leur identité. Klein s'est sans doute montré charmeur et courtois comme à son habitude. Quant à Vasconcelos, sa réserve et l'aura entourant son nom ne devaient pas laisser d'impressionner leurs hôtes. Impossible a priori de deviner quoi que ce soit. À moins de considérer comme une preuve à charge la manie qu'ils avaient de gonfler leurs notes de frais et qui leur avait déjà attiré l'ire du rédacteur en chef de *L'Officiel Voyage*, estomaqué de découvrir, à la suite de leur virée à Udaipur, une facture globale de taxis avoisinant les sept cents euros, dont les reçus en roupies étaient pour la plupart illisibles et que leur séjour – dans un hôtel au beau milieu d'un lac – justifiait difficilement.

Mais c'était une pratique courante dans la profession et plus d'un journaliste arrondissait ses fins de mois grâce à ce procédé. Il serait injuste, à la lumière de ce fait, de déduire que Klein et Vasconcelos étaient des arnaqueurs patentés. Et s'ils falsifiaient de temps en temps quelques factures écrites à la main ou demandaient à être remboursés des extras qui leur avaient été finalement offerts par la direction des hôtels, qui pourrait les en blâmer ? C'était une époque difficile que vivaient Klein et Vasconcelos et les minces avantages que leur offrait leur profession ne contrebalançaient pas la modicité de leurs piges et la hantise qu'ils avaient de ne pas rassembler suffisamment de commandes le mois suivant. Mais de là à sauter le pas et choisir la voie de l'illégalité comme ils l'ont fait...

5

Ce qui s'est produit le 27 juillet 2009 dans la chambre 52 du Grand Hôtel Europe à Saint-Pétersbourg demeure un mystère. Voici les faits : Klein et Vasconcelos avaient été envoyés par le magazine *Bon Voyage* pour réaliser un reportage de quatre pages sur la ville de Pierre le Grand. La veille de leur retour – le 26 donc –, Klein aurait appelé en catastrophe Anne S., attachée de presse du groupe Orient-Express, auquel appartenait l'hôtel, en la suppliant de leur accorder quelques nuitées supplémentaires. Klein lui aurait alors vendu l'idée d'un second reportage ayant pour sujet le Saint-Pétersbourg de Dostoïevski. Anne S., peu familière des auteurs russes du XIXe, et encore moins de Dostoïevski, qu'elle s'obstinait à confondre avec un bar à vodka à la mode de Manhattan, se laissa convaincre après avoir obtenu l'assurance qu'il serait fait une large mention de l'hôtel dans l'article, ce que Klein s'empressa de lui confirmer en lui lisant, avec une voix altérée par l'émotion et qui imitait vaguement celle d'André Malraux, le texte que Dostoïevski consacra à l'ouverture de l'établissement en 1875.

Il est établi aujourd'hui que ce stratagème fut l'œuvre de Vasconcelos et que Klein n'en fut que l'exécuteur. Deux raisons très simples à cela : le charme et la volubilité de Klein et sa relation particulière avec Anne S. En effet, tout concorde à dire que Klein aurait baisé Anne S. durant un voyage de presse à Venise et que celle-ci en ait gardé quelque espoir d'approfondir leur relation dans un futur plus ou moins proche. Ce futur hélas ne s'était jamais concrétisé et les ambitions sentimentales d'Anne S., loin d'être réfrénées, n'en avaient fait qu'augmenter. Ni le rapport difficile qu'entretenait Klein avec les femmes, ni son emploi du temps erratique, qu'Anne S. tenait pour responsable du désastre de sa vie amoureuse – célibataire à quarante-deux ans, elle n'avait jamais vécu plus de six mois sous le même toit qu'un homme en dehors de son colocataire gay à l'université –, ne lui avaient fait renoncer à son projet.

Vasconcelos ne pouvait ignorer ce détail, lui qui avait l'habitude de surnommer Anne S. et ses consœurs des *attachées de fesses*, tout comme il ne pouvait ignorer que celle-ci lui était redevable de plusieurs papiers flamboyants, écrits dans son style néoblairien si caractéristique, sur le British Pullman ou le Venice Simplon Orient-Express. Anne S., à l'évidence, craignait de contrarier un journaliste à la réputation aussi établie, dont le magnétisme et les airs supérieurs ne manquaient pas d'impressionner cette jeune femme à la confiance en elle chancelante. Car il me paraît invraisemblable que la prose de Dostoïevski soit l'élément qui l'ait convaincue de céder, le romancier russe se montrant particulièrement critique à l'égard de l'hôtel, dont le luxe et le modernisme lui rappelaient l'influence néfaste des États-Unis et du monde des affaires.

Voici comment Klein et Vasconcelos réussirent à squatter dix-sept jours durant la chambre 52 du Grand Hôtel Europe sans écrire une ligne ni prendre une seule photographie, avant d'être vidés manu militari par le directeur, qui découvrit les lieux dans un état lamentable, les deux complices ayant omis de retirer l'écriteau « Prière de ne pas déranger » de la poignée de leur porte. Il fallut l'intervention de plusieurs femmes de ménage, ainsi que d'une entreprise privée de nettoyage et de traitement des odeurs, pour rendre à l'endroit une apparence à peu près habitable. Mais les Russes, qui sont un peuple superstitieux, croyaient désormais que la chambre était hantée et refusaient d'y pénétrer, de peur de croiser les spectres de ces deux cochons de Klein et Vasconcelos.

Anne S., par miracle, réussit à étouffer l'affaire. Que fit-elle ? Que promit-elle ? Nul ne le sait. Celle-ci s'est toujours refusée à tout commentaire, allant même jusqu'à poursuivre en justice les rares parutions qui osaient citer son nom aux côtés de ceux des deux escrocs. C'est moins sa responsabilité dans leur dérive criminelle que la crainte d'incarner aux yeux de l'opinion publique le stéréotype de l'attachée de presse – stupide, complaisante et facilement baisable – qui explique ce silence médiatique. Néanmoins, Anne S. a toujours soutenu les deux hommes, même lorsque l'évidence – après un an d'attente, aucun des deux reportages n'avait encore paru – lui donnait tort.

Il est sans doute difficile de comprendre l'extrême indulgence avec laquelle étaient traités des journalistes de voyage comme Klein et Vasconcelos, et il n'est pas inintéressant à ce propos de lire le rapport que Jean-Baptiste Tran, officier de la Brigade de répression de la délinquance astucieuse, consacra quelques mois plus tard à la presse tourisme dans le but d'éclairer les agissements des deux hommes. Jean-Baptiste Tran n'a jamais pris l'affaire très au sérieux et abandonna quelques mois plus tard la police pour devenir skipper dans les îles Vierges britanniques. Dans le seul mail qu'il m'ait envoyé depuis le Web-café de Nevis Island où il faisait escale, Tran a bien voulu revenir sur les circonstances dans lesquelles il a été obligé de rédiger ce rapport. Le juge d'instruction, dépassé par les événements, avait commandé une note sur le secteur de la presse tourisme afin d'établir si Klein et Vasconcelos étaient de simples profiteurs ou de véritables truands. Tran fut désigné, à son grand désarroi, pour la rédiger et s'exécuta aussitôt, interviewant une bonne partie de la profession et accumulant une abondante documentation qui l'amenèrent à la conclusion que les deux hommes étaient davantage les victimes d'un système délétère que les bandits de grand chemin qu'on voulait bien dépeindre. Une fois son rapport rendu, Tran se désintéressa totalement de l'affaire, à tel point que Klein et Vasconcelos avaient tout à fait disparu de son vocabulaire lorsqu'il tomba sur mon mail dans le petit Web-café de Nevis Island où il venait de mouiller son swan afin de se ravitailler en gasoil et en eau douce. *Pourquoi un type comme vous voudrait-il faire un livre sur ces losers ? Ça n'a aucun sens*, m'écrivit-il en préambule. Ce mépris affiché à l'égard des deux hommes permet d'expliquer en grande partie le ton désinvolte et moqueur de son texte, que je reproduis ci-dessous :

RAPPORT

**L'officier de police Jean-Baptiste Tran en fonction à la B.R.D.A.
à
M. xxx, chargé de l'instruction au tribunal de grande instance de Paris**

Objet : rapport sur la presse tourisme dans la cadre de l'affaire Klein-Vasconcelos

La presse tourisme est un secteur qui a connu un fort développement ces dernières années, développement d'autant plus étonnant que le reste de la profession a été durement touché par la baisse des revenus publicitaires (−18 % pour la seule année 2009) et la désaffection du lectorat traditionnel en faveur de nouveaux supports liés à Internet. Pire encore : la presse écrite est l'industrie qui a perdu le plus de jobs depuis 2007 (−28,7 %) selon une récente étude de Linkedin[1]. Ce qui peut expliquer la frénésie avec laquelle certains journalistes en situation difficile ont abandonné des domaines comme la politique ou la culture pour se consacrer au luxe, à la mode ou à l'art de vivre, dont les lecteurs ne semblent jamais se lasser.

---
1. www.businessinsider.com/category/newspaper-decline

Des parutions spécialisées ont vu le jour un peu partout en France (*Lonely Planet Magazine*, *Art + Travel*, *Hotel et Lodge*, *Ulysse*, etc.) tandis que les pages consacrées aux voyages dans les magazines n'ont cessé d'augmenter. Ce phénomène est encore plus important en ce qui concerne le tourisme de luxe et ce pour trois raisons principales :
– le développement fulgurant de l'hôtellerie de luxe. Il est à noter qu'en moyenne deux à trois hôtels de luxe ouvrent chaque jour dans le monde et que les journalistes sont régulièrement conviés à leur inauguration afin de couvrir l'événement ;
– les recettes publicitaires. La principale justification de la présence des pages tourisme dans les magazines reste la publicité. Plus le magazine aura un positionnement haut de gamme, plus il parviendra à attirer des annonceurs disposant d'importants moyens pour communiquer. C'est pour cette même raison que les pages tourisme ont totalement disparu de la presse quotidienne régionale, jugée ringarde et condamnée ;
– la fascination du lectorat pour les destinations paradisiaques. On peut discerner grosso modo deux types de lecteurs : celui qui cherche des idées pour organiser ses prochaines vacances et celui qui consulte ces reportages sans ambition précise, sinon celle de rêver à

des vacances qu'il ne pourra jamais s'offrir. La seconde catégorie est évidemment bien plus nombreuse que la première, et beaucoup de sujets publiés portent sur des établissements dont le prix d'une suite équivaut plus ou moins au salaire mensuel d'un officier de police judiciaire après quinze ans de bons et loyaux services.

Voici comment les choses se passent : les attachées de presse sollicitent les journalistes pour les inviter à des voyages dans le but de promouvoir un nouveau *resort*, une croisière ou le dernier circuit d'un voyagiste. Si le journaliste accepte, il se fendra à son retour d'un long reportage, d'un article ou au minimum d'une brève de quelques lignes, jamais trop négatifs, dont l'attachée de presse guettera la publication avec impatience et fébrilité. Il va de soi que ces voyages sont tous frais payés et que les journaux, hormis les rares qui peuvent encore financer eux-mêmes leurs reportages afin de garantir l'indépendance de leur publication, ne déboursent pas un seul centime, en dehors de quelques extras.
On peut parler à cet égard de corruption passive et s'interroger sur la déontologie des journalistes qui acceptent ce type de reportage. Il est indéniable qu'ils ne peuvent développer le même sens critique qu'un reporter lambda

dont le journal aurait financé le séjour et dont l'exigence serait encore augmentée par le prix exorbitant que ce même journal serait obligé de débourser. Ce type de pratique cependant est assez répandu dans les médias et on peut se demander par exemple si les critiques de cinéma ou de littérature auraient le même jugement s'ils étaient obligés de payer pour les œuvres dont ils parlent. Mais cela est encore un autre débat.

Pour en revenir à la presse tourisme, il est important de savoir que la plupart des journalistes et des attachées de presse se connaissent et se croisent régulièrement lors de déjeuners, de voyages ou de présentations. Cette promiscuité a tendance à aggraver les situations de connivence et de renvois d'ascenseur. Il n'est pas rare ainsi que certaines attachées de presse prennent en charge les vacances en famille de certains journalistes ou leur offrent de somptueux cadeaux afin d'obtenir leurs bonnes grâces. Sans mentionner celles qui sont obligées de payer de leur personne, comme ce fut le cas, selon nos informations, d'une certaine Anne S. lors d'un voyage de presse à Venise auquel Klein participait... Même si elles demeurent limitées, ces pratiques montrent à quelles extrémités certaines en sont réduites pour obtenir des parutions. La concurrence acharnée et les difficultés de leur métier, qui les condamnent bien souvent à défendre des produits auxquels elles ne croient pas devant des journalistes qui s'en fichent complètement, expliquent en grande partie cette situation, et il nous est impossible de ne pas louer le dévouement et l'esprit de sacrifice dont elles font preuve au regard de la complaisance et de la fatuité de certains journalistes qui n'hésitent pas à abuser de leur position.

Quant aux voyages de presse eux-mêmes, inutile de s'y attarder. Pour schématiser, on peut dire qu'ils ressemblent à des classes vertes pour grands enfants avec transport de groupe, repas à heure fixe et activités imposées. On ramasse le reporter chez lui et on le ramène au même endroit quatre ou cinq jours plus tard, lesté de quelques kilos en plus et d'une abondante documentation à côté de laquelle le Code civil passerait pour un bref recueil de haïkus. Il n'est pas rare que certains journalistes se bornent à recopier cette documentation afin de rédiger leurs articles, mais certains, comme Vasconcelos, s'essaient à un style plus personnel, et dans ce cas, on peut en déduire sans trop se tromper qu'ils sont des écrivains frustrés abusant d'épithètes et de métaphores chantournées pour décrire une salade verte ou un simple rayon de soleil.

Certaines parutions, soucieuses d'obtenir des sujets plus originaux et de bénéficier d'une marge de manœuvre élargie, essaient de monter leurs propres voyages. Dans ce cas, c'est au rédacteur en chef ou au journaliste lui-même de démarcher les attachées de presse afin d'organiser le séjour. Cette tâche s'avère légèrement plus compliquée et il faut savoir se montrer à la fois convaincant et inventif afin de trouver un arrangement entre les différents protagonistes sponsorisant le séjour – hôtels, tour-opérateurs, offices du tourisme, compagnies aériennes –, tout en dépensant le minimum d'argent – éventuellement quelques taxis locaux et quelques repas dans des bouis-bouis quand les journaux décident de se montrer charitables…

On comprend mieux, à la lumière de ces faits, comment Klein et Vasconcelos ont pu tirer profit de leur situation de journalistes et voyager gratuitement dans différents endroits du monde sans jamais publier un seul article. Que personne n'ait cherché à se plaindre ni à dénoncer leurs abus tient à une seule raison : personne n'y avait intérêt. Ni les hôtels, qui espéraient des revues positives, ni les attachées de presse, qui voulaient rester en bons termes avec eux. Et il a fallu que les deux hommes aient épuisé tout leur crédit dans le milieu pour qu'on se rende compte enfin de ce qu'ils étaient devenus : des parasites professionnels.

Jean-Baptiste Tran

Même si l'on peut juger le rapport de Tran quelque peu bâclé ou orienté à certains égards, il apporte un éclairage original sur l'affaire. Et notamment sur les relations que pouvaient entretenir Klein et Vasconcelos avec des attachées de presse comme Anne S.

En revanche, il n'explique pas ce qui a pu pousser les deux hommes à imaginer cette ruse afin de prolonger leur séjour au Grand Hôtel. Quel intérêt avaient-ils à rester à Saint-Pétersbourg ? Pourquoi ne sont-ils pas rentrés le lendemain comme prévu ? Autant de questions qui demeurent irrésolues. D'aucuns ont invoqué le dépôt de bilan du magazine *Bon Voyage*, avec lequel ils étaient partis, et qui a cessé de paraître peu de temps après les faits. Klein et Vasconcelos se seraient alors retrouvés dans une situation inextricable. Que faire ? Tout avouer et être mis à la porte ? Mais, dans ce cas, qui allait les défrayer et les payer pour le reportage ? On peut se représenter sans peine l'angoisse de Klein s'inquiétant pour son avenir, ruminant sa malchance, enchaînant les coups de fil, et Vasconcelos à ses côtés qui tente de le calmer, multiplie les hypothèses, s'interrompt soudain :

— Et si on faisait comme si de rien n'était ?
— Qu'est-ce que tu racontes ?
— Réfléchis. Qui nous oblige à partir ?
— On est à la rue ! s'emporte Klein. Le journal vient de faire faillite ! Est-ce que tu

te rends compte de la merde dans laquelle on est ?

— Mais si on avait un autre reportage.

— Quel reportage ?

— Un reportage que l'on inventerait.

— Ah oui ? Et qui nous payerait pour ce reportage ?

— Personne. Nous n'avons plus besoin d'être payés.

— Nous n'avons plus besoin d'être payés ! hurle Klein. Mais de quoi on va vivre alors ? Où est-ce qu'on va dormir ? Comment on va bouffer ? Tu veux bien me le dire ?

— On va continuer à se faire inviter. On va continuer à vivre comme des princes tout en ne foutant rien de la journée.

Klein scrute Vasconcelos en se demandant s'il a définitivement pété les plombs. Mais non, Vasconcelos a l'air d'être pareil à lui-même : calme, sombre, défoncé. Assis, les jambes croisées, sur un délicat fauteuil à médaillon, il laisse choir les cendres de son joint sur la moquette lainée de leur suite tout en dévisageant Klein, pâle et défait. Est-il sincère quand il parle d'inventer un pseudo-reportage pour rester dans l'hôtel ? Et lorsqu'il affirme qu'ils vont vivre comme des princes tout en ne foutant rien de la journée ? Klein attrape une boîte de chocolats qui traîne sur la table basse en verre au milieu d'autres cadeaux offerts par la direction de l'hôtel : une corbeille de fruits frais, un beau livre sur Saint-

Pétersbourg, une bouteille de champagne dans son seau à glace à côté de laquelle a été déposée une lettre qui commence par ces termes : *Dear Mr Klein and Vasconcelos we are very honored to have you with us here in Grand Hotel Europe...* Puis il se fourre rapidement quatre ou cinq truffes de suite dans la bouche afin de calmer son anxiété bondissante. La texture pâteuse du beurre fondu à l'intérieur du chocolat lui procure aussitôt une certaine sérénité qu'il met à profit pour reconsidérer la situation : finalement, leur sort n'est pas si tragique qu'il n'y paraît ; il a connu des journées plus noires, comme ce petit matin de décembre où il s'était retrouvé à faire la queue sous la pluie battante devant l'agence Pôle Emploi de la rue Georgette-Agutte et qu'il avait découvert, quelques heures plus tard, devant le fonctionnaire en charge de son dossier d'inscription, qu'il avait oublié son relevé d'identité bancaire et qu'il lui faudrait repasser dès qu'il le pourrait. Ou ces vacances de l'été 19..., lorsque, à la suite de son clash avec le célèbre photographe de mode péruvien, qui avait décidé de le blacklister auprès de toute la profession, il avait été contraint de travailler comme photographe de plage tout en faisant croire à sa girlfriend de l'époque – une jeune Russe aussi plate et ennuyeuse que la toundra – qu'il travaillait sur un projet personnel ayant pour thème le mouvement de la vague chez le peintre japonais Hokusai.

Et combien de stages, de petits boulots, de shootings pourris avait-il dû endurer dans sa vie ? Et pour quel résultat ? Non, il n'était pas si mal loti, même s'il avait espéré mieux de lui. Surtout au début, à cet âge où tout est possible et où l'on emprunte aux autres – les stars, les choyés, les bienheureux – les désirs et les ambitions les plus démesurés. Que valait-il au fond ? Qui était-il vraiment ? Klein observe son visage – si tristement semblable à celui de cet acteur en vogue durant les années 80 – dans le bel ovale d'un miroir XVIIIe doré à la feuille d'or tout en gobant une truffe au chocolat. N'est-il qu'un énième crevard ? Un de ces éternels *wannabes* dont le narcissisme oblitère le jugement, lui laissant croire qu'il a *quelque chose de spécial* alors qu'il ne fait que copier les idées et les sentiments de son époque, reproduisant les mêmes postures et les mêmes snobismes ? Pourtant, des gens ont cru en lui : sa mère, la jeune Olafsson, toutes ces filles qu'il avait l'habitude de ramener dans son trois-pièces de Pigalle et qu'il prenait sur ses genoux afin de leur montrer sur l'ordi ses photos, devant lesquelles elles poussaient des ouahhhhh ! d'admiration tout en s'enroulant autour de son cou comme des koalas en peluche. Il avait été aimé, il avait été admiré, ce n'est pas aujourd'hui qu'il allait tout foutre en l'air tout de même... Ce n'est pas aujourd'hui qu'il allait devenir un desperado.

— Mais nous ne serons pas des desperados, lui assure Vasconcelos en lui volant un chocolat avant de se jeter sur le lit king-size.

— Alors que serons-nous ?

— Il y a deux types de personnes dans la vie : les enculeurs et les enculés.

— Et nous serons des enculeurs ?

— Tu préfères être un enculé ?

Vasconcelos et son aplomb, Vasconcelos et sa prestance, Vasconcelos et son cynisme : comment lui résister ? Il n'y a qu'à le regarder, allongé sur le lit, parmi le tumulte des coussins en soie, avec ses bottes en python et ses lunettes de soleil d'aviateur en train de zapper sur la télécommande jusqu'à ce qu'il ait trouvé son programme favori – la météo internationale de la BBC – : rien ne semble l'ébranler. La banqueroute du journal, les paroles qu'il vient de prononcer. Tout semble n'être qu'un jeu pour lui et il regarde tranquillement les continents défiler, parsemés de petits soleils et de nuages pluvieux, tandis qu'un jingle anxiolytique résonne en boucle. A-t-il conscience de la gravité de la situation ? Songe-t-il vraiment en ce moment à la température qu'il fait à Rio putain de Janeiro ? Klein ne sait ce qu'il préfère, le haïr ou l'admirer. Le désigner comme son idole ou son pire cauchemar.

— Très bien, dit Klein à voix basse en achevant la boîte de truffes au chocolat tout en se suçant les doigts. Alors qu'est-ce que tu proposes ?

— On commence par Saint-Pétersbourg pendant quelques jours.

— Et ensuite ?

— J'ai toujours rêvé d'aller à Madère. Je connais très bien l'attachée de presse.

— Va pour Madère ! Mais après...

— Après ? Eh bien, c'est Dakar, les Bahamas, Rio de Jainero. Tu savais qu'il faisait 34 °C à Rio de Janeiro en ce moment ?

Et voilà comment le premier reportage – le vrai – ne parut jamais, tandis que le second – le faux – vit le jour. Théorie séduisante que s'est empressé de défendre Zivonjic, analysant ce brusque retournement comme *un mécanisme de transfert postmoderne* où l'on substitue *à la pesanteur et à l'unicité du réel la joyeuse malléabilité du virtuel dans lequel l'individu, libéré de toute contrainte, peut se réincarner en une multiplicité d'avatars qui satisfont sa quête narcissique infantile.*

La toute jeune Elma Olafsson, quant à elle, parla plus simplement d'une dispute téléphonique qui aurait dégénéré. Les scènes entre Klein et Olafsson furent légion, et leurs ruptures si fréquentes qu'il m'est impossible d'en tenir une chronique précise ici. Olafsson cependant est formelle : Klein se trouvait en reportage à Saint-Pétersbourg lorsqu'elle lui annonça qu'elle le quittait pour de bon et souhaitait suspendre toute forme de contact avec lui, ce qui incluait aussi bien les mails, les textos que leurs liens d'amitié sur Facebook.

Klein aurait alors menacé de se jeter dans la Neva avant de briser plusieurs objets autour de lui – ainsi qu'elle put en juger par les bruits à l'autre bout du fil. Puis il l'aurait traitée successivement de *salope professionnelle*, de *suceuse d'elfes*, de *poufiasse sans cervelle*, pour finir par lui annoncer qu'il ne voulait plus jamais revoir son *gros cul de mammouth scandinave* de sa vie. Menace qu'il mit aussitôt à exécution en ne donnant plus aucune nouvelle durant près de trois semaines, avant de la rappeler comme si de rien n'était et de lui annoncer qu'il se trouvait en bas de chez elle.

D'après Olafsson, Klein était un individu fragile et instable, que la moindre contrariété pouvait plonger dans des crises de démence aiguë. Que cette altercation l'ait poussé à abandonner son travail en cours, à s'aliter et à refuser de quitter sa chambre d'hôtel durant dix-sept jours ne la surprend pas. Et que Vasconcelos, solidaire de son collègue, à moins qu'il n'en fût secrètement amoureux, se résigne à inventer ce stratagème en attendant de remettre Klein sur pied et de le rapatrier à Paris, encore moins. La correspondance entre Klein et Olafsson – quelques bribes de chat sur Skype sauvées par miracle du grand nettoyage digital opéré par la jeune femme – abonde dans ce sens. Klein s'y montre à la fois capricieux et peu sûr de lui, alternant coups de sang et déclarations larmoyantes. C'est cette inconstance, de son propre aveu, qui fatiguera la jeune Islandaise et la poussera à rompre avec celui qui l'avait dépucelée un après-midi de pluie à Reykjavik alors qu'elle avait quatorze ans et que Klein venait de l'aborder dans la rue sous prétexte de la photographier pour un blog de street-style japonais.

Une dernière piste demeure : Klein et Vasconcelos auraient tout simplement pété les plombs, victimes du décalage ahurissant entres les établissements de luxe qu'ils fréquentaient et leur train de vie de journalistes sous-payés. C'est Jean-Baptiste Tran lui-même qui m'a suggéré cette hypothèse dans son mail envoyé depuis le minuscule Web-café de Nevis Island. Selon lui, ces voyages et cette débauche de richesses leur seraient montés à la tête ; ils auraient cru que cette vie leur était due ; l'idée de prétexter des faux reportages aurait alors surgi sans qu'ils y voient rien de mal ; ils ont même pu croire, dans leur aveuglement, que ces reportages existaient vraiment et qu'ils ne tenaient qu'à eux de les valider dans la réalité... Tran achevait son courriel par ces quelques mots : *Au fond, tout est toujours une histoire de cul ou de blé. Et là, je crois que dans ce cas c'était une histoire de blé. Même s'il y a pu avoir un peu de cul de temps en temps.* Je me demande ce qu'il a voulu dire par là, mais sans doute est-il trop tard pour le lui demander et son swan a dû quitter le port de Nevis Island depuis longtemps déjà. Je regarde la pluie hacher le paysage, bercé par le doux craquement d'un Tuc goût oignon sous mes dents, et une étrange mélancolie me saisit. Connaîtrai-je jamais tous ces endroits merveilleux ? Irai-je un jour à Rio, à Saint-Pétersbourg ou à Zanzibar ? Le plus probable est que non, et le seul choix qu'il me reste est de visiter en esprit tous ces lieux avec pour seuls compagnons de voyage ces deux olibrius de Klein et Vasconcelos.

6

Certains sans doute estimeront que cet ouvrage manque de rigueur et qu'on ne peut décemment rédiger une enquête criminelle en restant confortablement installé chez soi à siroter des Coca light tout en observant la pluie tomber sur le paysage. Il se trouve que j'ai toujours opéré ainsi, préférant m'effacer au profit de ceux pour lesquels j'écrivais un livre. Le téléphone me suffit amplement et je ne m'aventure en dehors de chez moi que pour interviewer les protagonistes principaux de mes histoires. Or, dans ce cas précis, il n'y en a même pas. Klein et Vasconcelos sont morts depuis longtemps et je n'ai d'autre choix que de m'appuyer sur l'épaisse documentation qui m'a été fournie à leur sujet. On m'objectera que cette documentation n'a pas été rassemblée par mes soins et que je ne peux la considérer comme absolument fiable. Je répondrai simplement que je ne fais pas profession de journaliste et que mon unique souci est de répondre à une commande, celle de mon éditeur. Le texte en lui-même ne m'appartient pas.

Certains faits en revanche demeurent incontestables : Klein et Vasconcelos débutèrent dans la carrière de faux reporters juste après leur départ mouvementé du Grand Hôtel Europe. Une reconversion professionnelle pour le moins étonnante, mais qui s'avéra extrêmement profitable si l'on en juge par l'élévation soudaine de leur niveau de vie. Très vite, les deux hommes enchaînèrent les voyages de par le monde tandis que le solde de leur compte en banque demeurait inexplicablement stable : + 89,07 euros pour Klein et − 11 850,66 euros pour Vasconcelos, avant qu'ils ne soient définitivement clos par les autorités compétentes.

Leurs seuls noms suffisaient à les faire inviter n'importe où. Un mail ou un coup de fil et l'affaire était réglée. Personne ne songeait encore à poser de questions. Et pour cause : Klein et Vasconcelos passaient dans la profession pour de bons garçons. Excentriques peut-être, sauvages sans aucun doute, mais de bons garçons dont on n'aurait jamais pu imaginer qu'un jour ils deviennent des espèces de truands ratés ou de gangsters de bas étage dont les photos apparaîtraient au journal de midi d'I-Télé entre un sujet sur la Palestine et un autre sur le tracé du nouveau Tour de France.

Dans les premiers temps, les deux complices se contentèrent de se greffer à des voyages de presse groupés : l'office du tourisme de Sainte-Lucie, la fashion week de Tunis, les Voiles de Saint-Barth, la coopérative du jambon de Parme, le prix littéraire de la Mamounia, l'hôtel Baros aux Maldives, la Fiat 500 Gucci à Florence... Ce n'étaient pas les invitations qui manquaient. Ils en recevaient chaque jour de nouvelles. Seul impératif : donner le nom du magazine qu'ils étaient censés représenter. Klein et Vasconcelos avaient l'embarras du choix. Ils pouvaient se réclamer de tel ou tel journal avec lequel ils avaient l'habitude de collaborer, innover en évoquant une possible publication à l'étranger, voire inventer un titre que personne ne connaîtrait, mais dont nul n'oserait mettre en doute l'existence de peur de passer pour un imbécile. Pire : certaines attachées de presse se féliciteraient d'étendre ainsi leur couverture média tandis que d'autres, rémunérées à la page, entreverraient la possibilité de gagner davantage, escomptant un reportage fleuve que les magazines phares, qui n'avaient jamais de place, ne pouvaient leur garantir.

C'est ainsi que Klein et Vasconcelos, dans les mois qui suivirent, contribuèrent activement à des publications aussi variées que *Paris-Match*, *Elle*, *L'Optimum*, *Le Figaro Madame*, mais également à des titres parfaitement inconnus, tels que *Horizons lointains*, *Le Touriste professionnel* ou encore *Sea, Sex and Sun Magazine*, sans qu'il en reste aucune trace aujourd'hui. Certains, comme Zivonjic, ont parlé à cet égard d'*auteurs sans œuvre* ou plutôt d'*œuvre en attente d'auteur,* faisant même valoir que le corpus artistique de Klein et Vasconcelos, composé en majorité de reportages promis, d'articles imaginés ou de photographies à réaliser, est l'un des plus importants du XXIe siècle.

Alain Bernard de son côté s'est violemment élevé contre cette opinion lors d'un entretien à la radio : *C'est une idée parfaitement ridicule ! Zivonjic ne fait que reprendre à son compte cette vieille arnaque inventée par l'art conceptuel selon laquelle l'intention ferait l'œuvre. Mais au fond ça ne veut rien dire. C'est une excuse pour les paresseux et les incapables qui prennent leurs rêves pour la réalité. La vérité, c'est que les jeunes gens d'aujourd'hui ne veulent plus rien faire. Ce sont des mous ! Des jean-foutre !*

Klein et Vasconcelos, malheureusement, ne purent jamais donner leur opinion sur la question, étant donné qu'au même instant l'un se trouvait posé sur la table basse du salon de sa mère dans une belle urne funéraire en porcelaine incrustée et l'autre gisait à un mètre cinquante sous terre dans une tombe du cimetière chrétien de Zanzibar avec pour seule compagnie des singes à crête rouge venus de la forêt voisine bouffer les fleurs contre les croix et forniquer sur les sépultures. Avaient-ils conscience de la portée esthétique de leurs actes ? Ont-ils jamais eu pour dessein d'initier un mouvement artistique ou de réaliser une sorte de performance au long cours ? Autant de questions auxquelles nous ne pourrons jamais répondre.

Klein et Vasconcelos cessèrent bientôt de s'incruster à ce type de voyage, préférant sélectionner leurs destinations et organiser leurs propres itinéraires en discutant en amont avec les bureaux de presse. Même si ce travail leur demandait davantage d'efforts afin de convaincre leurs interlocuteurs – compagnies aériennes, hôtels, tour-opérateurs, offices du tourisme –, ils s'y livrèrent avec succès, aidés par leur notoriété, et commencèrent très vite à sillonner la planète en binôme sans avoir à souffrir les éternelles attachées de presse qui les couvaient comme des nounous ou les autres journalistes, des pique-assiettes pour la plupart, capables de disserter de leurs problèmes de syndic ou de leur dernière gastro sur un atoll perdu en pleine mer des Célèbes.

Nous savons aujourd'hui que cette décision est le fait de Vasconcelos, dont le caractère asocial s'accommodait assez mal des voyages groupés. S'il arrivait à Klein, d'un naturel plutôt curieux et avenant, de se lier avec les autres participants – comme ce fut le cas avec la dénommée Anne S. à Venise –, Vasconcelos les ignorait tout bonnement. Il évitait de s'asseoir à leurs côtés dans les cars et se taisait ostensiblement à table, retranché derrière ses Ray Ban Aviator, dont il se plaisait à croire qu'elles lui donnaient l'air de Pablo Escobar ou de n'importe quel autre gangster latino et patibulaire auquel la piétaille tremble de s'adresser. Hélas, il y avait toujours quelqu'un pour solliciter son avis ou lui glisser une remarque avec ce ton horripilant de camaraderie auquel obligent les bandes de collègues. Il répondait alors par des blagues que personne ne comprenait ou se lançait dans des plaidoyers épouvantables en faveur de l'héritage de Franco ou de l'abaissement de la majorité sexuelle à douze ans qui scandalisaient l'assistance et la vaccinaient contre toute future tentative de rapprochement. En excursion, idem. Vasconcelos se tenait à l'écart, préférant le silence d'un livre ou d'un paysage aux concerts de tautologies historico-touristiques que donnaient ses confrères. À la fin du séjour, devant le tapis des bagages, il était le seul à qui on ne demandait jamais son numéro de portable.

Est-ce la raison pour laquelle les gens ont tant de mal à parler de lui quand on les interroge ? *Solitaire, hautain, inquiétant* sont les termes qui reviennent le plus souvent dans les témoignages dont je dispose. *Original, ténébreux, séduisant* sont également cités, généralement par des jeunes femmes. Certains hommes ont pu le qualifier ici ou là de *cinglé*, d'*hurluberlu* ou d'*authentique connard*, mais ils demeurent des cas isolés. Des cas qui allaient disparaître à partir du moment où Klein et Vasconcelos se mettraient à fonctionner exclusivement en duo, élaborant leurs propres séjours sur mesure.

Cette allergie aux autres est un des traits les plus marquants du caractère de Vasconcelos. Celui-ci ne se bornait pas, comme un plat misanthrope, à manifester son animosité à leur égard, il préférait, et de loin, se supprimer en esprit, c'est-à-dire se convaincre qu'il n'était pas là, avec eux, mais ailleurs, en route vers sa prochaine destination ou perdu dans les méandres de son futur chef-d'œuvre, qui sait ? L'essentiel était d'annuler sa présence. D'abolir son être au monde. Il ne donnait pas simplement l'impression d'être absent, mais, après un certain temps, de disparaître *physiquement*, créant une sorte de trou noir dans le paysage mental de ses plus proches voisins. Aussi finissait-on par l'oublier malgré l'attraction paradoxale que continuait d'exercer cette puissance invisible à laquelle s'attachait, à la manière des légendes, un halo de mystère et de terreur.

Les rares qui aient quelque peu pénétré son intimité, comme Klein ou Alban Verhaeghe, sont tombés sous le charme, allant jusqu'à éprouver une fascination amoureuse à son endroit. Mais qu'avait-il d'unique ? Était-il vraiment ce génie incompris dont certains ont parlé après sa mort ? Ou son arrogance silencieuse n'était-elle qu'une façon d'escamoter la vacuité de son existence ? Un artifice pour cacher la crainte qu'il avait d'*habiter* sa propre vie et de se risquer à être *pareil aux autres*, perclus de vanité et de désirs infondés ?

Alban Verhaeghe, dans son documentaire *Looking for Vasconcelos*, aborde cette face sombre du personnage. Une des scènes, que je me suis repassée hier soir, le résume parfaitement. Verhaeghe y raconte comment Vasconcelos avait l'habitude, lorsqu'il était étudiant au Centre de formation des journalistes, de rester seul dans la classe pendant les pauses tandis que ses condisciples se répandaient bruyamment dans les couloirs ou autour de la machine à café. Dans cette courte séquence, on voit la caméra progresser le long d'un corridor désert. En bruit de fond, des rires et des voix d'étudiants qui semblent venir de l'au-delà. Ceux-ci s'amenuisent au fur et à mesure que la caméra se rapproche de la salle, puis se taisent tout à fait au moment où le réalisateur pousse la porte et découvre l'intérieur de la pièce : tableau blanc couvert d'annotations, tapis de feuilles jonchant la table de conférence, chaises empilées comme des poupées russes au fond et une silhouette de dos qu'on devine être celle de Vasconcelos. Alors, au milieu de ce silence, la voix de Verhaeghe s'élève à nouveau, reprenant le fil de sa narration : *Il me revient en mémoire cet après-midi de novembre où j'étais retourné par hasard dans la classe et y avais surpris Vasconcelos, seul comme à son habitude, perdu dans ses pensées. À quoi rêvait-il lorsqu'il s'enfermait ici ? Songeait-il aux livres qu'il aurait voulu écrire ? Se remémorait-il des scènes de son passé ? Des lieux ? Des paysages ? D'autres lieux ou d'autres salles où, enfant, il aimait à rêvasser, loin du tumulte du monde ? Mais Vasconcelos ce jour-là n'était pas plongé dans ses songes comme je l'imaginais. Non. Son attention était absorbée par une feuille quadrillée dont il recopiait furieusement le contenu. Je reconnus bientôt l'écriture de D., l'un des meilleurs élèves de notre promotion, dont le professeur d'écriture, Hédi Kaddour, louait le style et l'inventivité. Que faisait Vasconcelos ainsi ? Souhaitait-il voler le texte de D. ? S'en inspirer pour son propre livre ? Et comment expliquer qu'il se trouvait penché sur cette feuille alors qu'il méprisait D. ouvertement et l'attaquait systématiquement dans les cours de Hédi Kaddour ? Je ne le sus jamais. Je heurtai une chaise et Vasconcelos se retourna, violet d'émotion, comme si je l'avais surpris en train de se masturber ou de commettre quelque chose d'infâme. Mais il recouvra très vite son sang-froid et me demanda comme à un domestique ce que je faisais là. Et maintenant que je pénètre ici, des années après, je sais que son secret s'est envolé à jamais. Je sais que je ne reverrai plus Vasconcelos. J'ai beau essayer de l'imaginer, penché au-dessus de cette feuille, le sang colorant son visage tandis que les couloirs résonnent de la rumeur de nos conversations, j'ai beau essayer de me le rappeler tremblant sur sa chaise comme un enfant naïf et apeuré, craignant d'être découvert, je n'y arrive pas. L'illusion a disparu. Comme si Vasconcelos était mort une seconde fois.*

Cette scène me semble recéler une des clés du personnage de Vasconcelos. Comme s'il existait chez lui un être public – moqueur, méprisant, sûr de lui – et un autre, intime, dévoré par l'angoisse d'être reconnu et de passer à la postérité. Peu satisfait de sa personne, il se sent obligé de récrire le monde en se donnant le beau rôle. Celui d'un homme qu'on ne peut atteindre, car il est supérieur aux autres. Mais cette supériorité de façade ne devait pas résister longtemps aux assauts de la réalité et Vasconcelos avait préféré inventer cette fable plutôt que de renoncer aux plaisirs infantiles de la jouissance narcissique. C'est ainsi qu'il avait inventé un monde qui s'accordait à ses désirs au lieu de les plier à la réalité du monde.

Mais Klein alors ? Souffrait-il du même mal ou avait-il suivi Vasconcelos par faiblesse ? S'il a pu être influencé par son acolyte, au point où la mère du premier a accusé le second d'avoir *ensorcelé* son fils, profitant de sa *gentillesse* et de sa *fragilité* pour *l'entraîner dans cette histoire*, ainsi qu'elle l'a déclaré dans son interview au *Daily News* de Zanzibar, Klein est loin d'être une marionnette dont Vasconcelos se serait amusé à tirer les fils. Il avait, rappelons-le, près de quarante ans au moment des faits et ne pouvait ignorer ce dans quoi il s'engageait. Le zèle qu'il mettait à charmer les attachées de presse et l'enthousiasme qu'il montrait une fois sur place, copinant avec le personnel de l'hôtel ou se passionnant pour l'histoire du pays, prouveraient même qu'il y prenait du plaisir. Quant à Vasconcelos, s'il en imposait par son charisme, il ne possédait pas non plus la stature d'un gourou ou d'un parrain de la mafia malgré les efforts vestimentaires qu'il se donnait pour le paraître. Le plus probable est que les deux se soient pris au jeu sans s'en rendre compte et, lorsque leurs visages apparurent pour la première fois au journal de midi d'I-Télé, il était déjà beaucoup trop tard pour revenir en arrière.

7

À partir de cette période, nous manquons d'éléments fiables pour retracer le parcours de Klein et Vasconcelos, et la seule ressource qu'il nous soit donné est d'imaginer leur vie telle qu'ils ont pu la mener au jour le jour, sautant d'un avion dans un autre, courant d'un terminal au suivant, survolant tour à tour des atolls microscopiques et des champs de blé à l'infini, des villes lumineuses et des océans immobiles, traversant d'inquiétants orages ou des plaines de nuages duvetées de soleil avant de s'enfoncer lentement dans la nuit au fin fond de laquelle clignotaient, telles des étoiles oubliées, les ailes assoupies de l'appareil, puis atterrissant sur de petites pistes de brousse ou au beau milieu de métropoles tentaculaires, débarquant sur des tarmacs brûlants, bordés de cocotiers ébroués par le vent, ou se faufilant sur des passerelles glaciales au milieu de la cohue endormie des passagers, passant successivement les douanes à New York, Santiago,

Port-d'Espagne, Reykjavik, Kuala Lumpur, emportés par la ronde incessante des chariots, des escalators, des tapis roulants, des voiturettes zigzaguant parmi la foule, tandis que des haut-parleurs égrenaient d'une voix de somnambule d'autres noms et d'autres villes, d'autres trajectoires asymptotiques qui se rapprochaient l'une de l'autre sous la lumière hypnotique des écrans d'affichage avant de s'éloigner et de disparaître à jamais vers leurs portes d'embarquement, et c'était à nouveau Rome, Phnom Penh, Paramaribo, Odessa, La Paz, où ils s'arrêtaient pour dîner à l'œil dans les lounges des businessclass, se gavant de magazines et de petits-fours, ou se rabattant sur les éternels fast-foods où des serveuses coiffées d'un bonnet élastique les obligeaient à lever les pieds pour balayer sous eux tandis qu'ils mâchonnaient des sandwichs caoutchouteux, seuls parmi la multitude, anonymes au royaume des anonymes, ne sachant plus vraiment si c'était le jour ou la nuit, l'été ou l'hiver, l'hémisphère nord ou déjà celui du sud, mais poursuivant coûte que coûte leur chemin, le dos vrillé par les sangles de leurs valises, les pieds gonflés comme des tempuras de crevettes, présentant aux policiers des formulaires illisibles ou des passeports couverts de tampons aussi épais que des hématomes, puis s'engouffrant dans des taxis bringuebalants ou des limousines aux vitres teintées, des bus surpeuplés ou des mini-vans climatisés, avant de s'échapper aussitôt à travers des paysages de rizières et de bananeraies, de campagne ondoyante ou de capitales futuristes, la chemise trempée de sueur, la tête tombant de sommeil tandis que le verre fumé de leurs lunettes reflétait des villages, des bidonvilles, des montagnes, des terrains vagues, des grèves, des déserts, des tunnels, des silhouettes, un film sans fin, un travelling inachevé, une pellicule courant inlassablement à sa perte, puis soudain un déclic, une image blanche, le chuintement du projecteur tournant dans le vide...

Mais sans doute je me perds dans mon récit et il est préférable que je m'en tienne aux moments-clés, lorsqu'ils débarquaient dans les hôtels. On les voyait alors sortir du véhicule : un grand type avec des bottes en python et des cheveux noirs plaqués en arrière, et un autre en jeans moulants, une écharpe autour du cou et un appareil photo en bandoulière. Klein et Vasconcelos pénétraient alors dans l'établissement, laissant leurs bagages aux portiers affairés, et se dirigeaient d'un pas d'empereur vers le comptoir de réception. Les têtes pivotaient, les voix s'amenuisaient, clients, liftiers, femmes de ménage, tous brusquement accaparés par le spectacle de ces deux personnages dépareillés s'avançant avec un aplomb et une décontraction telles qu'on se murmurait déjà à l'oreille avec un mélange de crainte et d'admiration : « Voilà les journalistes. »

Puis débutait la ronde des sourires, des cocktails de bienvenue, des serviettes rafraîchissantes qu'on leur tendait à l'aide d'une pincette en argent et qu'ils avaient le front de se passer, non seulement sur le visage ou les mains, comme la plupart des gens, mais également dans le dos et sous les aisselles au grand dam des employés, qui les ramassaient ensuite tout en prenant bien soin de courber la tête, comme si récupérer la sueur et la crasse de Klein et Vasconcelos était l'un des plus grands privilèges qu'il leur fût jamais donné d'avoir. Le directeur de l'hôtel entrait peu après en scène : il s'inquiétait de savoir comment leur voyage s'était déroulé, se déclarait ravi de les recevoir. Mais, derrière les petites phrases de circonstance, on devinait l'inquiétude provoquée par leur arrivée. Le moindre impair, la plus petite fausse note, et la réputation de l'endroit pouvait être ruinée. Ou tout du moins se l'imaginait-il. Car, quoique la presse depuis longtemps eût perdu de son pouvoir, tout le job de Klein et Vasconcelos consistait à laisser croire que leur influence était considérable et qu'ils étaient bien plus légitimes que n'importe quel péquenaud du Midwest rédigeant une critique sur TripAdvisor. Aussi se comportaient-ils, dès leur arrivée, tels deux despotes en tournée d'inspection dans une lointaine province de leur royaume. Ils saluaient, jouaient les blasés ; exigeaient qu'on livre des produits introuvables – un adaptateur pour téléphone uruguayen, des masques de sommeil en velours rembourré, deux blaireaux de rasage en poils de sanglier... Les clients les regardaient défiler devant eux tels des badauds émerveillés, et leur visage s'illuminait bêtement lorsque l'un des deux monarques consentait à poser les yeux sur eux et à lever la main en signe de bonjour. Un tel événement rompait alors avec la monotonie de leur séjour et venait alimenter pendant plusieurs repas leurs conversations, lesquelles avaient fondu comme une glace au soleil et se résumaient – surtout pour les couples en voyage de noces, qui découvraient l'enfer tranquille que serait leur vie pour les dix ou vingt prochaines années – à l'éloge du panorama depuis leur terrasse ou au commentaire gastronomique sur le tartare de thon.

Et voilà que débarquaient, au milieu de cet ennui enrobé de luxe, de vrais journalistes avec des barbes de trois jours et des lunettes de mafieux, des sacs en bandoulière et des objectifs longs comme des télescopes... Si seulement ils avaient su que tout ceci n'était qu'une comédie. Mais auraient-ils pu le deviner dans leur léthargie ensoleillée ? Klein et Vasconcelos jouaient leurs rôles à la perfection. Quoi de plus étonnant : ils avaient té de vrais journalistes avant de devenir des faux. Ils connaissaient par cœur tous les trucs du métier : une pointe d'arrogance, un zeste de name-dropping, et brusquement une question ultra-spécifique qui désarçonnait leur interlocuteur et lui donnait l'illusion d'avoir affaire à un spécialiste ayant roulé sa bosse aux quatre coins du globe. Le péquenaud du Midwest pouvait poster tous les commentaires qu'il voudrait (et souvent les hôteliers s'en chargeaient eux-mêmes, utilisant divers pseudonymes), il n'y aurait toujours qu'un seul Klein et qu'un seul Vasconcelos.

D'après le récit qu'ont livré plusieurs de leurs victimes, dont Nicolo Monti ou encore l'horrible Marat Garayev, chacun en rajoutait à sa façon afin d'épater leurs hôtes. Klein se lançait dans des prises de vues excessivement complexes, exigeant qu'on lui installe une table de petit déjeuner les pieds dans la mer ou qu'on lui prépare une suite en l'éclairant uniquement de l'extérieur, rameutant tout le personnel pour une photo sur la plage ou sollicitant de jolies clientes pour poser allongées sur le rebord de la piscine comme dans un catalogue de Victoria's Secret. Il lui arrivait également, selon Monti, de se balader innocemment dans l'hôtel et de voler des images ici et là – le plus souvent des gens dans des positions ridicules ou compromettantes, les doigts fourrés dans le nez ou bâillant de manière éhontée – afin d'instaurer un climat de terreur permanent.

Vasconcelos, de son côté, usait plus ou moins des mêmes procédés, sortait son stylo et son carnet de notes à tout propos : au beau milieu d'un repas tandis qu'il mastiquait d'un air circonspect une bouchée de tartare de thon sous l'œil paniqué du chef de rang ou après qu'un employé eut malencontreusement buté sur une marche et renversé un verre de daïquiri-fraise sur le peignoir d'une cliente. Il griffonnait alors très vite quelques mots, puis rangeait d'un air conspirateur son Moleskine, dont beaucoup auraient payé cher pour lire le contenu.

Nous savons aujourd'hui, sur la base de ceux que nous avons retrouvés dans sa chambre d'hôtel à Zanzibar, que les Moleskine de Vasconcelos contenaient principalement des gribouillages, des notes sans rapport ou des titres pour son prétendu chef-d'œuvre à venir. Et de la même manière que Klein effectuait la plupart de ses photographies sans prendre la peine d'insérer une carte mémoire – de telle sorte qu'il n'en conservait aucune image et que ses clichés naissaient et mouraient dans un battement de paupière, faisant de lui *le dernier grand photographe de l'éphémère*, dixit Zivonjic –, Vasconcelos prenait des notes qui n'existaient pas.

Cela ne l'empêchait pas, au cours de son séjour, de solliciter de nombreuses interviews, du manager général à la responsable du spa en passant par le chef cuisinier ou le directeur marketing, afin de donner davantage de crédit à leur reportage. Voici typiquement comment les choses se déroulaient : Vasconcelos s'installait avec son interlocuteur, puis le laissait discourir sans l'interrompre, faisant semblant de recopier sa prose, tandis que ce dernier, flatté d'un tel intérêt, se répandait sur les moindres détails de sa vie et de son travail. Tel vantait l'engagement écologique de l'hôtel, qui n'utilisait que des produits d'entretien à base d'aloès ou d'eucalyptus, et tel autre les croûtes réalisées par son artiste de femme, qui défiguraient les murs vierges de leurs chambres, tel clamait son amour pour la population locale, à laquelle venait d'être offert un GPS pour le bus de ramassage scolaire, et tel autre s'enorgueillissait d'avoir reçu le mois dernier Garou, David Hallyday ou encore Mat Pokora et sa dernière girlfriend…

Ce qui fascinait le plus chez Vasconcelos, c'était sa faculté d'écoute. Il ne semblait jamais fatiguer ni décrocher, quand bien même l'interviewé s'éternisait sur la scolarité de ses enfants ou sa passion pour l'harmonica ou la marche à pied. Au contraire, il paraissait littéralement rivé à ses lèvres, ou plutôt à ses yeux, et plus précisément à son orbite gauche, ce que beaucoup ont pris pour un signe de curiosité dévorante et d'autres pour un léger strabisme divergent.

Il est établi aujourd'hui qu'il ne s'agissait ni de l'un ni de l'autre et que Vasconcelos n'a jamais souffert d'aucune forme de strabisme, tout comme il n'a jamais manifesté aucun intérêt pour les personnes qu'il interviewait, les prenant pour la plupart pour des beaufs ou de gros cons. En revanche, nous sommes à peu près certains qu'il usait de cette technique – à savoir fixer l'œil gauche de son vis-à-vis pendant que celui-ci lui racontait la construction de l'hôtel ou l'installation de sa famille dans la région – afin de feindre une écoute attentive. À quoi songeait-il au même instant ? À Klein ? À leur prochain voyage ? Au retentissement de son livre une fois qu'il serait publié et traduit dans une demi-centaine de pays ? Ou était-il si las de ces simagrées qu'il ne pensait strictement à rien sinon à cette pupille en face de lui, dilatée par l'enthousiasme, à ces cils qui papillonnaient d'excitation, à cette chose qui s'appelait un œil et dont les poètes faisaient si grand cas, alors qu'au fond ce n'était qu'un globe aqueux dont les dessins irisés rappelaient ces T-shirts ridicules des hippies.

Il est possible que certaines personnes aient nourri des doutes au sujet de Klein et Vasconcelos. Leurs méthodes, leur exotisme, le fait qu'ils n'aient ni cartes de visite ni e-mails professionnels. Sans compter que les hôtels n'avaient aucun contact direct avec les magazines pour lesquels ils étaient censés travailler. Là encore il semble qu'ils aient bénéficié d'une rare complaisance. Ou plutôt d'une absence pathologique de discernement. Mais qui aurait pu imaginer que deux anciens journalistes se lancent dans pareille machination ? Voilà qui était impensable. D'autant plus que Klein et Vasconcelos se montraient convaincants dans leurs personnages. La verve de l'un, l'aura mystérieuse de l'autre. Les plaisanteries du premier et l'intelligence foudroyante du second. Il suffisait d'un dîner en leur compagnie et tous les soupçons s'évanouissaient. On écoutait avec admiration leurs récits sur l'île de Jura ou le Lake Palace d'Udaipur, le Saint-Pétersbourg de Dostoïevski ou les ruelles de Florence parcourues pied au plancher en Fiat 500 Gucci. Leur vie ressemblait à un roman, et le plus étonnant est qu'ils en semblaient autant les auteurs que les protagonistes. Comme si tout ce qu'ils expérimentaient n'était qu'un prétexte pour parler d'eux et alimenter peu à peu leur propre légende. Plus les autres les écoutaient, plus leur existence prenait forme. Et plus elle prenait forme, plus ils avaient l'impression d'être vivants et d'échapper à l'absurdité de leur condition.

Ce fut sans aucun doute l'âge d'or de leur collaboration. On les invitait partout, personne ne leur réclamait de comptes. Un jour dans l'océan Indien, l'autre au pied de la cordillère des Andes, leur existence était une fugue permanente dont le cours allait être brutalement interrompu par la lettre de V.S. Vajnipul. Une lettre qui marquerait à jamais la fin de leur impunité.

8

The One and Only the Palm Dubaï

Dubaï, le 13 juin 2010

**À l'attention du directeur
de la publication du journal *Le Monde***

Cher monsieur Izraelewicz,

Il y a près de huit mois, nous avons reçu deux de vos journalistes, Messrs Thomas Klein et Santos Alvarez de Vasconcelos, dans le tout nouvel hôtel One and Only que nous venons d'ouvrir à Dubaï, sur la presqu'île de The Palm Jumeraih.

Il a été convenu, comme c'est souvent le cas avec les journalistes étrangers, et plus particulièrement les Français, que nous prendrions en charge l'intégralité de leur séjour (avion, transfert, repas, logement…) en échange de quoi Messrs Klein et Vasconcelos s'étaient engagés à publier un reportage sur l'hôtel dans votre journal. One and Only étant le premier établissement à ouvrir sur la célèbre presqu'île en forme de palmier, Messrs Klein et Vasconcelos avaient même évoqué la possibilité que ce reportage fasse la couverture de votre supplément hebdomadaire, dont un des prochains numéros, m'avaient-ils assuré, devait être consacré à Dubaï.

Je ne vous cache pas que cette éventualité, en plus de la réputation de votre journal, m'a conduit à traiter Messrs Klein et Vasconcelos avec les plus grands égards. Ainsi nous avons accepté à titre exceptionnel de les héberger durant près de deux semaines, leur laissant tout loisir de profiter des diverses activités de l'hôtel (spa, pédicure, salon de coiffure, tennis, excursions en bateau) et de certains extras (parachute ascensionnel, 4x4 dans le désert, visite du zoo, de l'aquarium et de la piste de ski artificielle avec leçons privées dispensées par un ex-champion du monde de slalom autrichien…), tout en leur attachant les services d'un concierge personnel qui s'est occupé de satisfaire leurs moindres besoins afin que leur reportage se déroule dans les meilleures conditions possibles.

Je ne crois pas en tout cas que Messrs Klein et Vasconcelos aient eu matière à se plaindre et il m'a semblé qu'ils trouvaient les installations de l'hôtel tout à fait à leur goût, profitant de nos courts de tennis en terre battue pour se livrer à des parties acharnées, dînant chaque soir dans notre restaurant gastronomique sur la jetée face au skyline de Dubaï et sa galaxie de lumières ou bronzant sur notre plage artificielle devant les eaux bleues et étales du golfe Persique, dont l'horizon est toujours nappé d'une légère brume de chaleur qui lui donne cet air si mystérieux. Bref, rien ne me permet de penser qu'ils aient conçu une mauvaise opinion de notre établissement au point de revenir sur leur parole et de suspendre la publication du reportage en question.

Car je suis au regret de constater qu'à ce jour aucun article sur The One and Only the Palm n'a encore paru dans votre journal et ce malgré les multiples relances que nous avons faites auprès de Messrs Klein et Vasconcelos. Il nous a été répondu à plusieurs reprises que le reportage était sur le point de paraître et que ce n'était plus qu'une question de semaines. Mais les semaines ont passé et toujours rien ! Eu égard à la renommée de votre journal et à celle dont semblent jouir Messrs Klein et Vasconcelos dans la profession, nous n'avons pas jugé bon d'insister. Cependant, depuis quelques jours, nous sommes sans nouvelles de Messrs Klein et Vasconcelos et je commence à me demander si l'on ne s'est pas moqué de nous !

Je dois vous avouer que mon inquiétude est augmentée par l'impression pour le moins étrange que m'ont laissée Messrs Klein et Vasconcelos durant les quinze jours qu'ils ont passé en notre compagnie. Je ne m'attarderai pas sur leurs tenues vestimentaires, leur fréquentation assidue du spa, des courts de tennis ou des restaurants ni même sur le recours fréquent de Mr Klein à de très jeunes Chinoises ou Ukrainiennes que leur concierge personnel s'occupait de recruter dans les boîtes de nuit des grands hôtels et que je me suis retrouvé à devoir dédommager personnellement le lendemain. J'ai conscience que les journalistes sont une espèce à part et je me suis toujours engagé à les recevoir du mieux possible que ce soit ici, à Paradise Island aux Bahamas ou au Saint-Géran à l'île Maurice où j'ai officié précédemment.

Ce que je tolère difficilement en revanche, c'est le manque de professionnalisme. Mr Klein n'a pas cessé de terroriser les clients et le personnel de l'hôtel en prenant des photographies à tout bout de champ ou en réclamant leur participation dans des mises en scène abracadabrantesques. Quant à Mr Vasconcelos, il restait régulièrement enfermé dans sa chambre à regarder la météo internationale de la BBC ou à fumer des cigarettes dont l'odeur si particulière me laisse à penser qu'elles ne contenaient pas uniquement du tabac et du goudron ! Je n'ai jamais réussi à lui parler plus de cinq minutes, hormis le jour où il m'a interviewé et, croyez-moi, c'est une expérience que je ne suis pas près d'oublier…

Au début, tout se déroulait pour le mieux. Nous avons évoqué mes premiers pas dans le petit hôtel familial à Bombay, mon passage au Saint-Géran, le développement de Paradise Island ou encore le lancement pharaonique du One and Only… Mr Vasconcelos semblait sincèrement fasciné par le sujet, mais j'ai remarqué bientôt qu'il me regardait d'une manière bizarre. Comme si toute son attention se concentrait sur mes yeux, et plus particulièrement mon œil gauche, qu'il paraissait détailler sous tous les angles possibles. Je me suis d'abord demandé s'il avait un problème de strabisme ou si quelque chose était collé à mes cils, mais je me suis vite rendu compte qu'il n'en était rien et qu'il se contentait simplement de fixer mon œil gauche sans rien écouter de ce que je disais. J'ai voulu en avoir le cœur net et, profitant de l'arrivée d'un serveur, je me suis penché pour jeter un rapide coup d'œil sur son carnet de notes. Eh bien figurez-vous qu'il n'y était pas fait mention une seule fois du petit hôtel familial à Bombay ni du

lancement pharaonique du One and Only !
Non, à la place, je n'ai aperçu que des dessins
ou des espèces de gribouillages, des phrases
aberrantes et ce qui ressemblait à des titres
de livres ou de films !

Je vous prie d'imaginer ma consternation. J'ai bien essayé de me raisonner en
me disant que j'avais en face de moi un
journaliste du *Monde*, qu'il pouvait très
bien posséder une mémoire prodigieuse
ou disposer de moyens mnémotechniques
ultrasophistiqués pour consigner ses notes.
Mais des notes qui disaient : « *Mort aux
vaches !* » ou « *Ton cerveau a la taille d'un
testicule de mite, petit Indien* », c'est plus
que je ne pouvais supporter.

J'ai interrompu l'interview et nous avons
eu un vif échange. Mr Vasconcelos m'a
assuré que je m'étais mépris sur ses notes,
étant donné que j'étais placé de l'autre
côté du carnet, et que j'avais dû les lire
à l'envers. Je lui ai alors réclamé le carnet afin de le vérifier par moi-même, mais
Mr Vasconcelos a refusé fermement. Je lui
ai demandé quelle raison avait-il de me le
cacher et il a invoqué la protection des
sources et l'indépendance des médias. J'ai
eu beau insister, rien n'y a fait. Il a fini par
se lever, offusqué, en hurlant qu'il n'avait
jamais été traité de la sorte, même en
Sierra Leone ou en Corée du Nord, et que,
si je persistais dans cette voie, il n'aurait

d'autre choix que de contacter Reporters sans frontières.

À vrai dire, je craignais un scandale et j'ai préféré taire mes états d'âme pour ne pas compromettre la publication du reportage. Mon service de presse m'a conforté dans ce choix, arguant que la une de votre supplément compenserait largement les quelques désagréments que le séjour de Messrs Klein et Vasconcelos pouvait occasionner. Mais je crains aujourd'hui de m'être trompé et c'est la raison pour laquelle je m'adresse à vous.

Je ne suis pas un homme de menaces, mais si jamais ce reportage ne venait pas à être publié sous les plus brefs délais, je serais dans l'obligation d'avertir mes confrères dans l'hôtellerie ainsi que l'ensemble des médias sur les méthodes de votre journal. Je n'en fais pas une histoire d'argent, mais d'honneur et de réputation. Jamais, en trente ans de carrière, je n'ai eu l'impression d'être ridiculisé de la sorte. Il ne tient qu'à vous que cela ne reste qu'une impression et que je ne sois réduit aux mesures drastiques évoquées un peu plus haut.

Cordialement

V.S. Vajnipul
Manager général One and Only the Palm

Je tiens à préciser, pour ceux qui en douteraient, que cette lettre est parfaitement authentique et qu'elle fut même la première pièce versée au dossier d'instruction de ce qui deviendrait bientôt « l'affaire Klein et Vasconcelos ». V.S. Vajnipul, pour sa part, n'a jamais souhaité la commenter, déclinant les différentes demandes d'interviews téléphoniques que je lui ai adressées. Mais il n'est nul besoin de connaître son opinion pour comprendre que les deux escrocs avaient tout à fait perdu la raison et que leur place, à ce stade, se trouvait plus certainement en centre hospitalier spécialisé qu'en prison. Je me demande même s'ils n'espéraient pas secrètement se faire coincer. Pourquoi prendre de tels risques sinon ? Quel besoin de tyranniser d'honnêtes travailleurs comme Vajnipul ? Ma théorie – si tant est qu'on puisse appeler théorie une soudaine inspiration que j'ai eue aux toilettes tandis que j'observais la demi-douzaine de canettes de Coca light que j'avais ingurgitées disparaître dans la cuvette en porcelaine sous la forme d'un long jet ambré qui semblait ne jamais devoir s'achever – est que les deux hommes se savaient déjà condamnés et qu'ils n'avaient aucun espoir de voir leur plan fonctionner plus longtemps. Ils avaient alors cessé de prendre leurs précautions, pour se foutre allégrement de la gueule du monde. Et de la nôtre accessoirement.

Un tel je-m'en-foutisme, dois-je l'avouer, me sidère. Qui aujourd'hui serait capable de se comporter avec autant de légèreté ? J'aimerais parfois connaître ce miraculeux soulagement de n'en avoir *plus rien à branler*. Adieu les livres de commande, le crachin normand, les ambitions inachevées... Hélas les contingences finissent toujours par me rattraper et, après avoir longuement fantasmé sur ces deux kamikazes qui avaient choisi de dynamiter la triste réalité dont ils étaient prisonniers, j'ai remonté ma braguette, tiré la chasse et suis retourné à mon bureau poursuivre mon fastidieux travail.

En piochant dans le fouillis de mes notes, j'ai réussi à reconstituer l'enchaînement hallucinant des événements qui se succédèrent à la suite de ce même courrier : la réaction d'Izraelewicz, l'embryon d'enquête au sein de la rédaction du *Monde*, l'entretien mouvementé qui s'ensuivit avec Vajnipul, les excuses, les éclaircissements, la décision du journal de porter plainte pour escroquerie avec constitution de partie civile, la nomination d'un juge d'instruction par le parquet de Paris ou encore les premiers éléments de l'investigation, qui établirent que Klein et Vasconcelos étaient coutumiers du fait et qu'ils avaient bénéficié, durant les derniers mois, de l'hospitalité de nombreux établissements au préjudice de journaux qui n'étaient nullement au courant.

Toute la question était de savoir s'il fallait considérer les deux acolytes comme de simples journalistes ayant quelque peu abusé de leur position, ou si l'on se trouvait en présence de véritables truands ayant pratiqué une escroquerie de grande ampleur. Le plus simple évidemment aurait été de les interroger, sauf que les deux hommes étaient introuvables. Cette absence plongea le juge dans des abîmes de perplexité. De deux choses l'une : ou Klein et Vasconcelos étaient en fuite, et ils avaient quelque chose à se reprocher, ou ils étaient en reportage ou en vacances à l'autre bout du monde, et ces petites tracasseries judiciaires leur passaient complètement au-dessus de la tête. À quel avis se ranger ? J'avoue que je n'aurais pas su moi-même quoi penser. Si plusieurs indices semblaient les incriminer, on pouvait légitimement s'interroger sur le silence des établissements où ils avaient séjourné, lesquels n'avaient jamais envisagé de porter plainte. Les rares à avoir formulé quelques soupçons s'étaient adressés directement aux journaux concernés, qui avaient botté en touche. Pour quelle raison ? Avaient-ils couvert Klein et Vasconcelos par amitié ? Par solidarité professionnelle ? Les avaient-ils simplement alertés en leur demandant de faire attention à l'avenir ? Tolérait-on que certains journalistes partent en voyage de presse pour leur simple plaisir ? Était-ce une faute pour un pigiste de promettre un article qui ne paraîtrait jamais ? Et pouvait-on imaginer que Klein et Vasconcelos fussent de bonne foi et qu'ils eussent sincèrement projeté de publier ce reportage dans *Le Monde* ? Autrement dit : pouvait-on affirmer, comme le fit avec une mauvaise foi éblouissante l'avocat de la mère de Klein, que tant que le reportage n'avait pas paru, rien ne prouvait qu'il ne paraîtrait pas ?

L'affaire était un casse-tête. Le juge, dans le doute, multiplia les interrogatoires. Un rapport sur la presse tourisme fut confié à Jean-Baptiste Tran, officier de la police judiciaire, dans le dessein d'éclairer les rouages de cette industrie nébuleuse. Il fut même question un temps de délivrer des mandats d'amener aux noms de Klein et de Vasconcelos, mais dans quel pays les adresser ? L'enquête s'enlisa et le dossier fut bientôt rangé au bas de ce cimetière de papier qu'était la pile des procédures en attente sur le bureau du juge d'instruction.

Klein et Vasconcelos ne furent guère plus populaires auprès des médias qui se saisirent brièvement de l'affaire. Une dépêche AFP, quelques entrefilets ici et là et un papier dans la rubrique faits divers du *Parisien* furent bientôt suivis d'un sujet de deux minutes au journal de midi d'I-Télé. Mais leur histoire cessa très vite d'être prise au sérieux, pour devenir une sorte d'anecdote amusante que des chroniqueurs débiles légers reprenaient sur les plateaux télé avec ce ton exaspérant qui mêlait bonne humeur et information, avant d'enchaîner sur un micro-trottoir à propos des sex-toys ou une enquête relative au look des hommes politiques à la plage. Bientôt plus personne ne fit attention à eux et Klein et Vasconcelos sombrèrent à nouveau dans l'anonymat.

Difficile de savoir comment les deux hommes vécurent cette affaire ni où ils se trouvaient au moment des faits. Il se peut qu'ils n'en aient même pas entendu parler, isolés qu'ils étaient dans un bungalow en rondins de bois sur une plage de Komodo, ou embarqués dans une croisière le long du fleuve Chobe, admirant chaque soir le spectacle des éléphants et des hippopotames qui se dessinaient en ombres chinoises dans le crépuscule naissant. À moins qu'ils n'aient pris peur et décidé de se réfugier dans une bergerie en Patagonie ou dans un motel minable du Nevada, au sein d'une communauté hmong au Vietnam ou dans un bordel de Bangkok, entourés d'une flopée de taxigirls rieuses et retorses qui taquinaient Klein tandis qu'il consultait anxieusement sa boîte mail où s'entassaient les messages alarmistes de sa mère et de la jeune Olafsson et que Vasconcelos fumait des joints et palpait les fesses, aussi douces que des joues d'ange, des prostituées, négligeant durant quelques instants les vicissitudes de leur existence. Rien ne m'étonnerait de leur part, et je me plais à imaginer tous ces endroits fabuleux où ils auraient pu se cacher, oublieux du reste du monde, tandis que la pluie continue de marteler la vitre et que le vent, s'engouffrant par la cheminée, agite sur mon bureau les paquets de Tuc éventrés et les canettes vides d'où s'échappe un sifflement aigre et entêtant. Klein et Vasconcelos, à partir de cette époque, avaient cessé d'appartenir à ce monde pour basculer dans cet autre où la seule vérité admise est celle que notre imagination nous impose.

9

Dans la rubrique jeux du cahier d'été du *Libération* daté du 23 août 2012, en haut de la page IV, au milieu de la deuxième colonne, sous le titre « QCM/Les grands arnaqueurs du siècle : l'affaire Klein et Vasconcelos », on pouvait lire ceci :

> Question numéro 5 : Comment Klein et Vasconcelos ont-ils fait pour disparaître pendant plusieurs mois après l'ouverture d'une enquête judiciaire à leur sujet ?
>
> A) Ils se sont exilés dans une bergerie en Patagonie.
> B) Ils sont devenus directeurs de l'office du tourisme de Corée du Nord.
> C) Ils ont pris l'identité d'autres journalistes.
> D) Ils ont pris le visage des frères Bogdanov.
> E) Ils ont simulé leur mort lors d'un accident de trottinette électrique à Hanoi.

Bien que de nombreux lecteurs aient été portés à répondre A, voire D pour les plus imaginatifs d'entre eux, je tiens à préciser que la réponse exacte telle qu'elle figurait au bas de cette même page IV est bien : ↄ (ϛ)

À partir de cette époque, Klein et Vasconcelos ne s'appelèrent plus Klein et Vasconcelos, mais Pott et Murphy, Schmidt et Gustafsson, Gutierrez et de la Torre, Montaigu et Humery, Tumball et Silverstein ou encore Pinto et Da Costa... Autant de noms de journalistes établis, jouissant d'une petite réputation dans leurs pays, mais dont la renommée n'était pas assez grande pour que leurs photos apparaissent sur Google si un directeur d'hôtel sourcilleux venait à y fouiner.

Il va sans dire que cette ruse est encore l'idée de Vasconcelos. Loin de l'abattre, les remous provoqués par l'affaire et leurs petites bulles médiatiques semblent avoir réveillé chez lui son délire schizophrène : pourquoi se contenter d'être qui l'on est lorsqu'on peut se faire passer pour un autre ? Puisqu'ils ne pouvaient plus continuer à voyager sous leurs noms, ils en changeraient, voilà tout. Le raisonnement était infaillible.

Certains s'étonneront qu'ils n'aient pas choisi de rentrer en France ni d'abandonner cette insane entreprise pendant qu'il en était encore temps. Il est probable que Klein et Vasconcelos ne se soient même pas posé la question. Leurs différents voyages les avaient peu à peu déconnectés de la réalité : leurs congélos vides s'étaient métamorphosés en minibars remplis de trésors étincelants et leurs proprios acariâtres avaient été remplacés par des directeurs de clientèle pleins de componction. Ils vivaient dans une utopie ; pourquoi y renoncer ? Klein n'était plus confronté à ses échecs passés. Ne prenant plus aucune photo, il se réservait la possibilité, en théorie, de réaliser toutes celles qu'il souhaitait sans que ses limites techniques ou artistiques interfèrent dans son désir. Mieux : il pouvait imaginer dépasser ses maîtres et inventer un style propre à lui, personne ne l'en empêchait. Quant à Vasconcelos, il n'avait plus besoin de s'abaisser à ces petits boulots humiliants de gratte-papier : il était devenu son propre boss. Sa vanité enflait, son ressentiment éclatait ; il avait enfin l'occasion de se venger du mépris dans lequel il avait tenu si longtemps son existence. Plusieurs témoignages, dont celui de Nicolo Monti, directeur du Residence Hotel à Zanzibar, qui fut la dernière personne à les apercevoir en vie, suggèrent même que Vasconcelos se prenait, dans le brouillard de son délire, pour une sorte de révolutionnaire ou de porte-drapeau d'une génération précaire et indignée pour qui toute perspective d'avenir était bouchée. Klein et lui avaient su montrer à tous ces jeunes la voie de l'insoumission et du banditisme pacifique, et ce n'était qu'un début ! Bientôt ils initieraient des mutineries dans les vols long-courriers, où les classe touriste prendraient possession des places de première ; ils kidnapperaient les gens soupçonnés de travailler trop tard au bureau et réclameraient des rançons faramineuses ; ils lanceraient un vaste mouvement de sit-in dans les palaces baptisé « Occupy the Ritz » en hommage aux insurgés d'« Occupy Wall Street » !

Les élucubrations de Vasconcelos pourraient occuper une bibliothèque entière ; Monti, comme les autres, n'y accorda aucun crédit. Et ce n'est que lorsqu'il le découvrit au petit matin pendu au ventilateur de sa villa qu'il cessa de le considérer comme un simple profiteur ou un aimable charlot, comme il y en a tant chez les journalistes. Mais il était trop tard hélas pour réviser son jugement, et Vasconcelos, blême et impavide, décrivait des cercles aériens devant ses yeux horrifiés. On aurait presque pu croire à une installation d'art contemporain, n'était l'odeur épouvantable qui se dégageait de la pièce et qui obligeait les policiers zanzibarites à parler tout en se pinçant le nez, tant et si bien que les différents commentaires et observations qu'ils se faisaient paraissaient parfaitement ridicules et infondés. Si j'avais été dans la chambre en leur compagnie, j'aurais pu leur expliquer que la dérive des deux hommes avait débuté il y a longtemps et que ni Nicolo Monti ni eux-mêmes n'y auraient pu rien changer. Mais il est probable que, ayant moi-même le nez bouché tout comme ils l'avaient, ma voix nasillarde ait quelque peu discrédité mon propos. Ils auraient alors cessé de m'écouter pour se consacrer en silence à l'inventaire de la pièce tandis que j'aurais poursuivi ma démonstration dans le vide, évoquant la fameuse lettre de Vajnipul et l'idée aberrante qui s'en était suivie d'emprunter l'identité de journalistes existants.

J'ai longtemps réfléchi à cette ruse, née dans l'esprit malade de Vasconcelos, et pour insensée qu'elle soit, elle ne me paraît pas non plus tout à fait farfelue. Pour parvenir à leurs fins, les deux hommes devaient réunir au moins trois conditions :

1°) s'adresser directement aux hôtels afin d'éviter les fameux bureaux de presse qui risquaient de les démasquer ;

2°) sélectionner les cibles les plus vulnérables : palaces en mal de reconnaissance, *resorts* venant tout juste d'ouvrir, cinq-étoiles sans représentation internationale...

3°) étudier leurs différents personnages et se mettre dans leur peau afin d'être le plus crédible possible. Il s'agit sans doute du point le plus délicat, et les deux hommes étaient condamnés à changer fréquemment de rôle. En voici un bref aperçu : journalistes suisses spécialisés dans le design et l'architecture (gris, méticuleux), critiques gastronomiques britanniques préférant garder l'anonymat (snobs, paranoïaques), correspondants d'un magazine new-yorkais récemment mutés à Paris (curieux, enthousiastes, névrosés), envoyés spéciaux d'une revue d'art de vivre mexicaine dont l'un d'eux, laisseraient-ils entendre astucieusement, était le neveu du président (capricieux, érotomanes, alcooliques, obsessifs, attendrissants)...

Le projet n'était pas simple. Et pourtant... Les deux hommes réussirent au-delà de toute attente. Tout du moins, c'est ce que semble suggérer le faible nombre de plaintes et d'incidents qui émaillèrent leurs différentes haltes touristico-criminelles. La lettre de Vajnipul n'avait été qu'un accident. Klein et Vasconcelos, ou peu importent leurs noms, reprirent bientôt leur marche triomphale. La Suisse, le Maroc, le Pérou. Des vieux palaces décatis et des boutiques-hôtels ultra-branchés, des Relais-châteaux tombés dans l'oubli et des *all-inclusive* sortis des sables en quelques semaines : rien ne semblait les arrêter. Ils étaient fêtés partout comme des rois, passant d'un endroit à l'autre en un claquement de doigts. On se disputait pour les avoir à dîner, on écoutait le récit de leurs aventures avec de grands yeux émerveillés. Parfois les noms de Klein et Vasconcelos se glissaient dans la conversation : la table éclatait de rire à l'évocation de ces deux zigotos qui bernaient les hôtels du monde entier sans se douter une seule seconde que ces mêmes individus se trouvaient parmi les commensaux. Certains poussèrent la bêtise jusqu'à épingler la photo des deux pseudo-journalistes sur les murs de leur restaurant, et c'est ainsi que Klein et Vasconcelos se retrouvent aujourd'hui à Arequipa, Marrakech ou Montreux au milieu d'autres vedettes ayant visité les lieux telles que Bill Clinton, Yannick Noah ou encore Jean-Claude Vandamme.

Un tel aveuglement laisse pantois. Certes, leur expérience parlait pour eux. Mais de là à tromper leurs hôtes avec des postiches et de fausses moustaches, comme on peut le voir dans leur pseudo-film autobiographique... Et encore, je passe sur les cartes de crédit bidon, les faux papiers à en-tête, les permis de conduire improbables qu'ils laissaient pour s'enregistrer à la réception des hôtels, ou sur les lacunes linguistiques de Vasconcelos qui s'obstinait à confondre l'accent espagnol avec l'italien malgré les leçons répétées de Klein qui excellait comme l'on sait dans l'art de l'imitation.

Zivonjic, dans *Les Derniers Jours du capitalisme*, a abordé cette question de la vraisemblance dans un passage qui m'a particulièrement frappé et permet sans doute de mieux comprendre la cécité des hôteliers : *Le plus étrange, évidemment, est qu'on les ait pris au sérieux si longtemps. Personne n'a voulu croire qu'ils mentaient, personne ne s'est inquiété de rien. Et ce pour une simple raison : les gens manquent d'imagination. Ils préfèrent s'attacher aux apparences plutôt que de s'exposer au risque de ne pas savoir. Les apparences reposent. Elles sont une paresse de l'esprit. Une rambarde contre le chaos. Voilà pourquoi les individus dépourvus d'imagination sont les véritables ennemis de la liberté. Ils ne tolèrent rien d'autre que la stricte réalité. La réalité bête et méchante. Or, la réalité elle-même est une convention. Une manière d'organiser et de simplifier la masse grouillante du réel et d'occulter ce qui échappe au sens. En vérité, on ne sait jamais tout. Peu de gens sont prêts à l'accepter. Peu de gens ont le courage d'admettre l'existence de l'inconnu. Voilà pourquoi, quand ils refusent de croire à une histoire, ils le font avant tout par préjugé moral ou par confort intellectuel. La logique, la cohérence n'ont rien à voir là-dedans. Klein et Vasconcelos l'avaient parfaitement assimilé. Plus ils inventeraient de mensonges, moins on aurait la force de ne pas y croire.*

Un seul problème restait à résoudre : les transports. Impossible de prendre l'avion sous un faux nom. Quant à utiliser leurs véritables identités, trop risqué. Et puis comment expliquer aux hôtels qui leur offraient les billets qu'ils ne s'appelaient pas Schmidt et Gustafsson ou Pinto et Da Costa comme ils le leur avaient annoncé, mais Klein et Vasconcelos ? On peut s'amuser à penser, de façon paradoxale, qu'ils aient choisi de leur mentir en disant la vérité, à savoir que leurs noms – ceux des journalistes qu'ils empruntaient – n'étaient que des pseudonymes destinés à leur garantir un meilleur anonymat. Qui aurait pu se douter alors que cette volonté d'anonymat, loin d'être le résultat d'une conscience professionnelle aiguisée, cachait des motifs criminels ? Ce raisonnement, si fumeux qu'il soit, permet d'expliquer comment Pott et Murphy, deux critiques gastronomiques britanniques snobs et paranoïaques, ont pu voyager jusqu'à Lima, Pérou, en novembre 2010, inscrits sous un faux nom. Mais ce cas est resté une exception et Klein et Vasconcelos ne pouvaient risquer à chaque trajet qu'un hôtelier les reconnaisse ni que la police retrouve leur trace. Ils n'avaient d'autre choix que de jouer profil bas. D'où l'idée, très vite, des Grands Tours.

Selon Wikipédia, le Grand Tour, orthographié de la même façon en anglais, était à l'origine un long voyage effectué par les jeunes gens des plus hautes classes de la société européenne, en particulier britannique ou allemande, à partir du XVIIe siècle et surtout au XVIIIe siècle, destiné à parfaire leur éducation, juste après, ou pendant, leurs études. Il désigne également un itinéraire touristique procédant par sauts de puce rapprochés, sans aucune direction préétablie, popularisé par les deux escrocs français Klein et Vasconcelos au début du XXIe siècle.

Voici l'idée en quelques mots : au lieu de rayonner depuis une ville – Paris – comme ils le faisaient auparavant, Klein et Vasconcelos iraient d'hôtel en hôtel selon le chemin le plus court, profitant d'être invités par l'un pour solliciter son voisin, puis le voisin du voisin, et ainsi de suite.

À ce jour, nous pouvons affirmer avec certitude que Klein et Vasconcelos ont effectué au moins deux Grands Tours :

Premier Grand Tour

Villars-sur-Ollon – Riviera suisse – Genève – Megève – Alpes du Sud – Monaco – Nice – Côte d'Azur – Avignon et environs – la Camargue – Cadaquès – Barcelone – Palma de Majorque – Valence – Carthagène – Andalousie – Tanger – Casablanca – Marrakech – Essaouira – Grand Sud marocain.

Deuxième Grand Tour

Lima – Cuzco – lac Titicaca – Altiplano – Arequipa – Canyon del Colca – désert d'Atacama – Jujuy – Salta – province de Mendoza – Buenos Aires – Montevideo – Punta del Este – Punta del Diablo – côte uruguayenne – Florianopolis – Ilha Grande – Parati – Rio de Janeiro.

Le premier Grand Tour de Klein et Vasconcelos fut effectué pour la grande majorité en voiture. En l'occurrence, une Golf cabriolet blanche GTI de 1989 appartenant à Agnes Walchoffer, jeune étudiante à l'école d'hôtellerie de Lausanne, qui eut une brève et orageuse liaison avec Klein. Selon toute vraisemblance, Klein aurait profité de son séjour suisse pour renouer avec Agnes, qu'il avait rencontrée lors d'un casting sauvage dans les rues de Vienne quelques années auparavant. Les deux hommes se seraient alors installés chez la jeune Autrichienne pendant quelques jours, Klein partageant son lit tandis que Vasconcelos squattait le canapé du salon. Un matin, Klein lui aurait demandé les clés de sa voiture pour aller chercher des croissants, puis l'aurait embrassée sur la bouche en lui assurant qu'il serait de retour dans deux minutes. Mais les deux minutes s'étaient quelque peu prolongées, et Agnes Walchoffer, près de trois mois plus tard, était encore sans nouvelles de lui. Sa Golf en revanche réapparut un bel après-midi sur une photographie en noir et blanc que la police marocaine venait de lui envoyer par fac-similé. On y aperçoit la Golf, capote ouverte, ensablée sur une plage au sud de Tan-Tan, les sièges et le capot recouverts de plaques de sel et de fientes de mouettes. Interrogée sur les raisons qui l'avaient retenue de signaler la disparition du véhicule, Agnes répondra : *J'espérais encore qu'il reviendrait.*

En ce qui concerne leur second Grand Tour, dit Tour latino-américain, Klein et Vasconcelos utilisèrent différents moyens de transport : avion (jusqu'à Lima), bus, autostop, taxi (aux frais de quelques hôtels), train, bicyclette et même cheval pour certaines parties de leur périple au nord de l'Argentine ou dans la campagne uruguayenne.

Pour le reste, Klein et Vasconcelos procédaient comme d'habitude : à l'esbroufe. Les prises de vues ultrasophistiquées, les interviews interminables, le bagou du premier et l'assurance du second. Peut-être même en rajoutaient-ils, mus par la précarité de leur situation. J'imagine Vasconcelos obligé de conter pour la énième fois son enfance dans une hacienda au Brésil entouré de domestiques et de gardes sanglés d'une mitraillette qui faisaient les cent pas sur des terrasses hérissées de barbelés, ou Klein contraint de sauter la directrice du marketing, en règle générale une Anglaise alcoolique d'une quarantaine d'années, dont la vie solitaire et nomade à laquelle l'obligeait sa profession avait décuplé la voracité sexuelle en même temps que l'état dépressif, ou encore tous les deux déguisés en journalistes mexicains capricieux et érotomanes, multipliant les scandales pour obtenir une voiture avec chauffeur ou quelques bouteilles de champagne millésimé, passant du jour au lendemain de pistes défoncées à un hôtel si vaste qu'ils ne retrouvaient même plus le chemin de leurs chambres, migrant d'une gare déserte et pluvieuse à une piscine à débordement où ils contemplaient le cul pailleté de diamants d'eau des jeunes filles tout en sirotant des cocktails bariolés comme des Rothko, se retrouvant le matin avec à peine cinq euros en poche et dînant le soir d'huîtres et d'œufs d'ortolan arrosés de romanée-conti avant d'aller savourer un cigare et un armagnac hors d'âge sur le ponton qui se dressait au-dessus du marbre noir de l'océan, puis disparaissant à nouveau en catimini, laissant une facture de bar exorbitante pour réapparaître le long d'une route accablée de soleil, giflés par les bourrasques de poussière, grimpant dans des pick-up chargés de pyramides d'oranges ou de chèvres puantes avant de redescendre devant les grilles dorées de quelque *resort* pharaonien, enfilant à la va-vite un pantalon et une chemise propres pour aller dîner avec la directrice marketing anglaise, puis la quittant sur la pointe des pieds au petit matin, les vêtements ramassés en boule contre le torse, tandis qu'un nouveau jour se levait qui les verrait peut-être coincés dans une cabine téléphonique fouettée par le vent en train d'appeler des dizaines et des dizaines d'hôtels à la ronde ou allongés sur le lit *king size* d'une suite royale sous la caresse anesthésiante de l'air conditionné... J'imagine tant de choses à leur sujet que je ne discerne plus le faux du vrai. Le plausible de l'impossible. Leur vie par moments me semble n'avoir aucune direction vraisemblable. Mais je sais d'expérience que l'histoire des hommes est sans queue ni tête et que l'unique sens de notre vie tient à notre faculté à la transformer en récit, à lui donner a posteriori l'apparence d'une architecture réfléchie, alors qu'elle n'est que chaos, hasard et folie.

10

Avant d'aborder le dernier versant de cette affaire, j'aimerais revenir sur un mail que Jean-Baptiste Tran m'a envoyé au sujet de Klein et Vasconcelos. Il se trouvait quelque part entre l'île de Jost Van Dyke et celle de Great Tobago et avait profité d'un déjeuner sur terre avec les clients qui louaient son voilier pour reprendre notre correspondance, laissée en suspens quelques semaines auparavant. Il s'excusait pour son retard – l'accès à Internet dans les îles Vierges britanniques ayant encore de grands progrès à accomplir – et essayait, tant qu'il le pouvait, de répondre aux nombreuses questions qui continuaient de me tracasser, au premier rang desquelles celle de l'argent. Comment Klein et Vasconcelos faisaient-ils pour vivre ? Où trouvaient-ils les fonds afin de poursuivre leur délirante expédition ?

D'après Tran, les deux hommes, dans les premiers temps, pouvaient encore profiter de la générosité des attachées de presse : les sorties au resto, les cadeaux à gogo, les voyages organisés... Pourquoi se gêner ? Il leur arrivait également de se rendre chez Gibert le week-end, munis d'une valise pleine de livres et de CD neufs qu'ils écoulaient pour une grosse centaine d'euros avant d'aller manger un Happy Meal au McDonald's de Cluny-la Sorbonne. Pour le reste – produits cosmétiques, bougies parfumées, gadgets en tout genre qu'ils raflaient à la fin des conférences de presse –, ils le revendaient à prix cassés sur eBay. Ces pratiques contreviennent évidemment à toutes les règles déontologiques en vigueur dans la profession ; cela n'empêcha jamais Vasconcelos d'en abuser. Lorsque le rédacteur en chef de *L'Officiel Voyage,* alerté par sa manie de piquer dans les avions les écouteurs, les mignonnettes d'alcool, les couvertures et les sacs de toilette des business class, le mit en garde à ce sujet, Vasconcelos lui signifia très gentiment qu'il « s'en battait les couilles ».

Vasconcelos regardait ces prises de guerre comme de justes dédommagements. Mieux encore : il prétendait que ce petit commerce garantissait son indépendance en lui assurant une sorte de revenu minimum pour continuer à exercer son métier dans de bonnes conditions. Mais personne ne se méprenait : Vasconcelos se foutait éperdument de son métier, et le seul journaliste qui trouvait encore grâce à ses yeux était l'inimitable Jayson Blair, dont le sédentarisme pathologique et les différentes addictions lui semblaient des atouts inestimables afin d'écrire des articles de qualité. Les principes qu'on lui avait inculqués au CFJ, comme la vérification des sources ou le respect de la personne, lui paraissaient des règles éminemment bourgeoises et rétrogrades, et il les récusait au motif qu'ils constituaient des limites graves à la liberté d'expression. Mais ce qu'il abhorrait par-dessus tout était le sacro-saint devoir d'objectivité. À ses yeux, le moyen le plus sûr de tronquer la vérité et d'assassiner d'ennui le lecteur en le forçant à ingurgiter une ribambelle de chiffres et de formules réchauffées qui rendaient le monde aussi plat et monotone qu'un indicateur de chemin de fer.

Jean-Baptiste Tran a calculé qu'entre les différentes invitations – petits déjeuners professionnels, buffets-présentations, cocktails dînatoires, voyages de presse ou encore déjeuners en tête à tête – un journaliste parisien pouvait vivre pendant un an sans avoir à débourser un seul centime pour sa nourriture. Nul doute que Klein et Vasconcelos soient parvenus à la même conclusion. Quant à leur garde-robe, c'est un fait : ils ne portaient jamais rien qui ne leur fût offert. Pour preuve, la célèbre collection de T-shirts griffés qu'on retrouva dans la valise de Klein à Zanzibar et dont je cite ici quelques exemples au hasard en me fiant à l'inventaire dressé par les policiers zanzibarites : Diesel, Vietnam Airlines, Philippe Patek, Fiat 500 Gucci, Emilio Zegna, hôtel La Mamounia, La Maison du whisky, Vichy pour hommes, les Voiles de Saint-Barth 2008 et de nombreux collectors tels que Jeux olympiques d'Atlanta 1996 ou Quand c'est trop, c'est Tropico, qui datent sans doute de ses débuts dans la profession.

Autre pratique que Tran a mise au jour durant ses recherches : la sollicitation directe des marques. Il arrivait ainsi que certains journalistes sans vergogne contactent les marques en leur laissant entendre que telle doudoune ou telle nouvelle paire de chaussures leur serait d'une aide inestimable dans leur travail quotidien. Et voilà comment Klein et Vasconcelos voyageaient de par le monde, sponsorisés de la tête aux pieds. On peut même penser que leur extravagante odyssée n'aurait jamais vu le jour sans le soutien inconditionnel de groupes comme LVMH, Mercedes-Benz, Pernod-Ricard, Galeries Lafayette et tant d'autres que j'aurais eu grand plaisir à citer ici si la technique du placement de produits avait investi le champ de la littérature française contemporaine, ce qui hélas n'est pas le cas. Seules exceptions à la règle : les écharpes chamarrées de Klein et les bottes en python de Vasconcelos, vénérées comme des reliques par certains de leurs disciples et qui ont récemment battu des records de vente chez Drouot. *S'ils avaient su qu'ils portaient autant d'argent sur eux, rien de tout cela ne serait jamais arrivé*, ironisait Tran en conclusion de son mail. *Mais ils n'avaient pas un kopeck et c'est sans doute ce qui les a conduits à leur perte.*

Je suis d'accord avec Tran, mais cela n'explique pas tout. Il fallait bien qu'ils se débrouillent au jour le jour : où trouvaient-ils le cash nécessaire ? Tous deux avaient cessé de travailler pour les journaux. Un choix étrange si l'on considère qu'ils auraient pu continuer à voyager de la même façon tout en publiant des reportages de temps à autre. Alors pourquoi cette décision d'arrêter ? Les opinions divergent sur le sujet. Beaucoup, tel Zivonjic, y ont vu un refus de collaborer à un système corrompu où la promotion s'était substituée à l'information et où les médias étaient devenus les organes de propagande officieux d'un capitalisme débridé. D'autres l'ont interprétée plus vulgairement comme de la fainéantise. Klein et Vasconcelos voulaient mener la belle vie sans se fouler. Quoi de plus compréhensible ? S'ils avaient été un rien plus prévoyants ou motivés, ils auraient pu trouver d'autres solutions, comme de créer un site Internet ou d'imprimer leur propre feuille de chou dédiée au secteur du tourisme. Mais la patience leur manquait. Ils étaient les enfants d'une génération dont le seul empire était leur plaisir. Un plaisir facile, immédiat, qui ne devait souffrir aucun obstacle. Loin de les endormir, cette paresse stimulait leur créativité : comment jouir au maximum en faisant le minimum ? C'est ainsi que naquit dans leur esprit cette idée de génie : vendre sur eBay tout ce qu'ils pourraient piquer dans les hôtels...

Crèmes, savons, parapluies, sacs de plage, stylos-bille, télécommandes, chaussons en tissu éponge, cintres, cendriers, adaptateurs, câbles Éthernet, peignoirs brodés, serviettes, couvertures, poubelles d'appoint, verres, carafes, sèche-cheveux et tous types de cadeaux offerts par la direction à leurs clients les plus prestigieux – châles, tuniques, bouteilles de champagne, vanity-cases, beaux livres ou objets d'artisanat local... Toute l'astuce reposait sur le fait que les hôtels n'oseraient jamais facturer ces rapines à des journalistes aussi réputés. Il leur suffisait de rester raisonnable et d'obéir à certaines règles : pas de biens de grande valeur, type tableaux ou écrans plasma, pas de meubles ni d'ustensiles difficiles à remplacer (robinetterie, poignées de porte, etc.). Ils s'autorisèrent une fois à voler un aspirateur, oublié dans un couloir, un climatiseur portatif, ainsi qu'un magnifique chariot à bagages doré à butoir circulaire, mais ces objets trop pénibles à transporter étaient loin d'être leurs favoris. Après le scandale de Dubaï, ils n'eurent même plus à se soucier de savoir si l'hôtel les ferait payer : leurs cartes de crédit ne fonctionnaient pas et ils avaient cessé de s'appeler par leur nom. Impossible de retrouver leur trace ! Ils purent alors se livrer à leurs razzias en toute impunité, s'aventurant parfois jusqu'aux cuisines ou aux salles de conférences, raflant des articles aussi divers et inutiles que des louches en cuivre patiné ou des pitus porum élevés en pot, des carrousels pour diapositives et de magnifiques touilleurs à cocktail argentés, puis revendant leur butin sur eBay à travers des pseudos plus farfelus les uns que les autres : SolalvandeVelde, Jonathanetjennifer, Bouleetbill75, etc.

Je ne m'attarderai pas sur les multiples interprétations qu'on a pu donner de ces profils, qui tendent toutes à souligner la névrose identitaire et le narcissisme infantile dont souffrirait Vasconcelos. En revanche, je me suis amusé à évaluer les bénéfices générés sur le site de vente en ligne par chacun de ces avatars : aucun, en dehors de Bouleetbill75, n'a dépassé les mille euros ! Difficile d'imaginer qu'ils aient pu subsister avec si peu. Alors comment faisaient-ils ? Possédaient-ils d'autres sources de revenus ? Autant de questions qui ont fait ressurgir les soupçons de trafic en tout genre.

Cigarettes de contrebande, statuettes khmères, anxiolytiques bon marché, logiciels piratés, pierres semi-précieuses : tout est envisageable. La disparition de trois condors géants dans le Canyon del Colca a longtemps été attribuée à deux journalistes anglais dénommés Pott et Murphy sans qu'aucune preuve ne vienne confirmer ces accusations. De la même manière, deux reporters suisses spécialisés dans le design et l'architecture ont trempé dans une affaire de vente et de recel d'émeraudes près de Bogota en Colombie, mais les autorités, faute d'éléments, n'ont jamais donné suite à l'affaire. En revanche, nous pouvons affirmer avec une quasi-certitude que Vasconcelos achetait régulièrement de la marijuana avant d'en réexpédier une partie vers l'Europe dans de petites enveloppes parfumées. Une fois encore, l'amateurisme d'un tel procédé fait peine à voir. N'importe quel dealer un tant soit peu compétent aurait caché la drogue dans des semelles de chaussures ou dans des bombes de mousse à raser. Mais lui, non. Il laissait même son adresse au dos de l'enveloppe au cas où celle-ci ne trouverait pas son destinataire !

Cet exemple me conforte dans l'idée que Vasconcelos n'était pas tout à fait conscient de ses actes et que, s'il a pu ambitionner à un moment ou à un autre de débuter une carrière de trafiquant international, celle-ci n'a jamais eu la moindre chance de décoller. Quant à Klein, si ses envois se bornaient à des bricoles – la plupart chapardées dans les hôtels –, qu'il expédiait ensuite à ses multiples ex-girlfriends de par le monde, il lui est arrivé à l'occasion de transmettre à sa mère de petites sommes d'argent en liquide. Celle-ci s'en est expliquée dans l'interview qu'elle a accordée au *Daily News* de Zanzibar après avoir récupéré le corps de son fils déchiqueté par les barracudas – ou les requins-tigres suivant les différentes versions. Une interview unique à plus d'un titre, qui permet de lever le voile sur certaines facettes de la personnalité de Klein et de Vasconcelos et dont je reproduis ici une partie d'après l'enregistrement qu'en a fait le journaliste. Je tiens à préciser que l'entretien a eu lieu sur la terrasse d'un restaurant de plage à Stonetown et que la mère de Klein a décliné par la suite toutes les sollicitations des médias, préférant rester cloîtrée dans son pavillon de Nogent-sur-Marne, où, malgré mes efforts répétés, elle n'a jamais souhaité me recevoir.

LE JOURNALISTE (*enclenchant à nouveau son magnétophone*) : On peut continuer ?
LA MÈRE DE KLEIN (*essuyant ses larmes*) : Oui. Excusez-moi. Je n'arrive toujours pas à réaliser qu'il est parti. Je le revois encore dans sa chambre d'enfant à Nogent-sur-Marne, avec toutes ces affiches de films qu'il adorait...
LE JOURNALISTE : Il avait quel âge ?
LA MÈRE DE KLEIN : Oh, mais c'est très récent. J'ai toujours conservé cette chambre en l'état au cas où il voudrait revenir passer une nuit ou deux à la maison. Je lui faisais

à manger et je m'occupais de son linge sale. Il en profitait pour se reposer et regarder des vieilles VHS avec Belmondo ou Pierre Richard.

LE JOURNALISTE : Vous étiez très proches ?

LA MÈRE DE KLEIN : Plus qu'on ne peut l'imaginer. Je l'ai élevé toute seule.

LE JOURNALISTE : Est-il vrai qu'il vous envoyait régulièrement des enveloppes de cash ?

LA MÈRE DE KLEIN (*en colère*) : Mais comme n'importe quel fils le ferait ! Ce n'est pas parce qu'il m'envoyait de l'argent de temps en temps que c'était un voleur. Au contraire. C'était un garçon très généreux et attentionné, qui a toujours travaillé dur pour y arriver.

LE JOURNALISTE : Mais vous êtes consciente qu'il ne travaillait plus depuis longtemps…

LA MÈRE DE KLEIN (*le coupant*) : Je suis certaine qu'il a gagné cet argent honnêtement. Il s'est toujours débrouillé seul. Déjà, à seize ans, il faisait des photos de mariage les week-ends pour se faire un peu d'argent de poche. C'étaient de très belles photos à l'ancienne, des instants volés un peu à la manière de Willy Ronis ou de Cartier-Bresson. Je n'ai jamais compris pourquoi il n'a pas eu la carrière qu'il méritait. Il était tellement passionné. Tellement…

LE JOURNALISTE : Mais alors d'où venait cet argent à votre avis ?

LA MÈRE DE KLEIN : Je ne sais pas. Il ne me disait rien. Peut-être qu'il donnait des cours ou qu'il travaillait comme photographe de plage...

LE JOURNALISTE : Photographe de plage ?

LA MÈRE DE KLEIN : Pourquoi pas ? Il n'y a rien de honteux à cela. Beaucoup de grands noms sont passés par là.

Silence. Ressac de la mer. Bruit de toux.

LE JOURNALISTE : Pour en revenir à son passé... Pensez-vous que son père ait pu exercer une mauvaise influence sur lui ?

LA MÈRE DE KLEIN : Son père ? Il ne l'a pas vu depuis plus de vingt ans !

LE JOURNALISTE : Certains l'ont décrit comme une sorte d'escroc...

LA MÈRE DE KLEIN : Ce n'était pas un escroc ! Il n'a pas eu de chance dans les affaires, c'est autre chose. Il s'est toujours vu trop beau. Il avait hérité de la petite entreprise familiale de tapis et moquettes. Sauf qu'il détestait les tapis et les moquettes. Lui, ce qu'il voulait faire, c'étaient des téléphones de voiture. Vous savez, ces gros téléphones avec un fil en spirale qu'on accrochait à côté du frein à main. Il était persuadé que c'était l'avenir, qu'il allait faire fortune avec. Et puis, là-dessus, les portables sont arrivés...

LE JOURNALISTE : Il a fait faillite ?

LA MÈRE DE KLEIN : Il a remonté d'autres affaires, mais ça n'a jamais marché non plus. Il s'est mis à boire, à rentrer de plus en plus

143

tard. Il avait des dettes, des types qui l'appelaient à n'importe quelle heure de la nuit. Parfois je décrochais et il n'y avait personne à l'autre bout du fil. Et puis il a commencé à s'en prendre à Thomas. Je crois qu'il ne supportait pas que Thomas le voie ainsi...

LE JOURNALISTE : Si vous voulez qu'on arrête...

LA MÈRE DE KLEIN : Non. Ça va aller. C'est seulement que tout cela est tellement étrange. Parler de Thomas alors qu'il n'est plus là. C'est comme si je parlais de quelqu'un d'autre. Ça n'a aucun sens. J'essaie de ne pas y penser, de faire abstraction, de m'occuper en regardant la télévision ou en voyant du monde, mais j'ai toujours cette tristesse qui reste là au fond de moi. Je me dis : tiens, c'est étrange, pourquoi suis-je triste comme ça ? Et soudain je me souviens : Thomas est mort. Thomas est mort et je ne le reverrai plus jamais. Alors mon cœur se met à battre à mille à l'heure. Je pleure et je pleure à en avoir des nausées. J'ai le ventre déchiré par la douleur. Je me ramasse en boule comme si j'étais une bête en train de crever, une bête malade et abandonnée, et je me demande pourquoi ? mais pourquoi ? et je sais bien qu'il n'y a pas de réponse à cela, je sais bien qu'il n'y a aucun sens à cette souffrance que j'éprouve, et c'est cela qui me tue... Que Thomas soit mort et que ça ne veuille rien dire ! Rien dire du tout ! C'est un sentiment d'abandon terrible, comme si… (*Souffle du vent. Reniflements.*) Comme si quelqu'un s'arrêtait en voiture et vous jetait au sol avant de repartir à toute allure. C'est tellement brusque, tellement violent. On arrive à peine à y croire. Pourquoi nous a-t-il jetés comme ça ? Pourquoi a-t-il disparu sans rien dire ? Pourquoi n'a-t-il plus voulu de nous ? Et, le pire, c'est que rien n'a changé autour. Le soleil se reflète toujours sur la mer, les bateaux se balancent dans la brise, n'est-ce pas ignoble ? N'est-ce pas parfaitement ignoble de mourir ?

LE JOURNALISTE : Avez-vous été en contact avec votre fils ces derniers jours ?

LA MÈRE DE KLEIN : Non.

LE JOURNALISTE : Donc vous n'avez aucune idée de ce qui a pu lui arriver ?

LA MÈRE DE KLEIN : Tout ce que je sais, c'est qu'il ne s'est pas suicidé. Ça, jamais !

LE JOURNALISTE : Mais vous devez bien avoir votre propre théorie sur leur disparition.

LA MÈRE DE KLEIN : Si vous voulez mon avis, tout est la faute de ce Vasconcelos. Depuis le début. Il a profité de la fragilité de Thomas. Il a abusé de sa gentillesse. Il l'a ensorcelé. C'est comme ça qu'il s'est retrouvé entraîné dans cette histoire. Se faire passer pour de faux journalistes ! Jamais Thomas n'aurait pu inventer une chose pareille. C'était peut-être quelqu'un d'atypique, mais il avait le sens des responsabilités. C'était un bon garçon, curieux

et attentionné. Tandis que ce Vasconcelos...
Rien que de prononcer son nom...

LE JOURNALISTE : Vous l'aviez déjà rencontré ?

LA MÈRE : Une fois. À Nogent-sur-Marne. Thomas me l'avait amené à déjeuner. Je crois qu'ils rentraient d'Écosse ou peut-être d'Inde, je ne me rappelle plus. Thomas ne roulait pas sur l'or à l'époque, alors il venait souvent à la maison pour économiser sur les repas. Dès le premier coup d'œil, j'ai su que ce Vasconcelos ne me plairait pas. Il portait un costume de marque avec la chemise à moitié ouverte et des bottes pas possibles. Des bottes en serpent ou en crocodile ou je ne sais quel affreux reptile. Mais, le pire, c'étaient ses lunettes de soleil, des lunettes comme celles des deux policiers dans la série américaine, vous savez, la série où ils sont toujours à moto et où il y a des autoroutes à n'en plus finir...

LE JOURNALISTE : *Chips* ?

LA MÈRE : *Chips*, c'est ça. Des lunettes comme dans *Chips*. Eh bien, figurez-vous que ce Vasconcelos ne les a pas enlevées une seule fois ! Même lorsqu'on est passé à table et que je leur ai servi l'entrée... Il gardait ses lunettes sur les yeux comme si de rien n'était. Vous vous rendez compte ? Il gardait ses lunettes pour manger ! Je suis peut-être trop vieille pour comprendre, mais cela m'a paru aussi ridicule que s'il était en train de déjeuner avec un parapluie au-dessus de la tête. (*Bruit nez mouché. Ressac des vagues.*) Enfin... Thomas était très gai, comme à son habitude. Il me racontait ses derniers reportages à l'étranger. Il fourmillait de projets. L'autre de son côté n'en plaçait pas une. Il ne s'est même pas levé quand il a fallu débarrasser. Thomas m'a gentiment accompagnée jusqu'à la cuisine, puis on est revenu avec la blanquette de veau que je leur avais préparée. Alors il s'est produit quelque chose de très étrange. Vasconcelos est devenu livide. D'un seul coup. On aurait dit qu'il venait d'apercevoir un fantôme ou d'apprendre une nouvelle dramatique. Il était là, figé sur sa chaise, incapable d'esquisser le moindre geste, les doigts crispés, les lèvres closes, tout son corps raidi comme s'il était en train de retenir son souffle, puis il s'est levé précipitamment et a disparu sans un mot. On ne sait même pas où il est allé. Quand il a réapparu vingt minutes plus tard, nous avions déjà terminé de déjeuner. Je lui ai demandé si ça allait et il m'a dit oui, tout va bien, merci. Je vais vous réchauffer de la blanquette alors. Surtout pas, m'a-t-il dit. Pourquoi ? Vous êtes allergique ? Non, m'a-t-il répondu. C'est juste que ça me rappelle des souvenirs. Des mauvais souvenirs ? j'ai demandé. On peut dire ça comme ça... Alors j'en ai profité pour lui poser des questions sur sa famille, mais il est resté très évasif : ses parents étaient retraités et vivaient en province ; il avait deux frères, mais il les avait perdus de vue. Je lui ai demandé pourquoi ils ne les voyaient plus et il a haussé les épaules. Je sais que ça n'existe que dans les romans, de hausser les épaules, mais c'est ce qu'il a fait, et ensuite il a dit : ils ne m'intéressent pas beaucoup. Vous vous rendez compte ? Ils ne m'intéressent pas beaucoup ! Est-ce que c'est une chose qu'on peut dire à propos de ses propres frères ? Et vos parents, vous les voyez souvent ? j'ai demandé. Non plus. Vous êtes fâchés ? Même pas, a-t-il répondu. Alors eux non plus, ils ne vous intéressent pas beaucoup ? Et à ce moment j'aurais pu me mettre à lui hurler dessus parce que je n'en revenais pas de ce type avec ses lunettes de soleil et ses bottes ridicules qui ne plaçait pas un mot à table et se foutait de sa famille par-dessus le marché, j'aurais pu lui hurler dessus et le gifler et le foutre à la porte à coups de pied dans le cul, mais je me suis contentée de lui demander : alors eux non plus, ils ne vous intéressent pas beaucoup ? Et vous savez ce qu'il m'a répondu ? Il s'est approché de moi et il m'a murmuré à l'oreille, le plus calmement du monde : Je hais la province parce qu'elle a le goût de la mort. JE HAIS LA PROVINCE PARCE QU'ELLE A LE GOÛT DE LA MORT. Non mais, vous y croyez, vous, à un type pareil ? (*Silence. Palmiers froissés par le vent. Chuintement du magnétophone.*)

11

La suite de l'histoire est quelque peu confuse. Nous perdons la trace de Klein et de Vasconcelos non loin de Rio de Janeiro, au terme de leur deuxième Grand Tour, pour la retrouver plusieurs semaines après dans la région de Bogota, en Colombie. Ont-ils poursuivi leur route en remontant la côte atlantique depuis le Brésil ou sont-ils repassés par l'Europe ? Autre hypothèse : les deux complices seraient d'abord descendus vers le sud de la péninsule, naviguant quelque temps sur un bateau de croisière en Antarctique, avant de basculer vers l'océan Pacifique et d'emprunter la même route que Darwin lors de son célèbre voyage à bord du *Beagle* en 1834-1835. Cette piste ne manque pas de chic, mais je me demande s'il y a le moindre intérêt à la suivre. Qu'y apprendrions-nous de plus ? Est-il fondamental de savoir que les deux hommes ont voyagé quelque temps au milieu des icebergs et des colonies d'albatros hurleurs qui s'amusaient à expulser leurs matières fécales sur la capuche de leur anorak tandis qu'ils se tenaient frigorifiés contre le bastingage ? L'essentiel n'est pas de connaître les minuscules détails de leur biographie, mais de comprendre comment ces deux adorables blaireaux ont pu se transformer en personnages de légende. Car Klein et Vasconcelos ne seraient jamais devenus Klein et Vasconcelos si le public n'en avait décidé ainsi.

Leur disparition, à cet égard, fut une aubaine. Nul n'était désormais obligé au spectacle de leur médiocrité. Absents, ils se paraient soudain de qualités qu'eux-mêmes n'auraient jamais soupçonnées : courage, obstination, indépendance d'esprit. Le mystère les grandissait. Il leur offrait une nouvelle envergure. Peut-être n'étaient-ils pas les branleurs qu'on avait toujours imaginés ? Peut-être se cachait-il autre chose derrière leur folle épopée. Mais quoi ? Restait à le savoir.

L'accumulation de plaintes visant deux journalistes étrangers dont le signalement donné ressemblait à s'y méprendre à celui des deux anciens journalistes conduisit bientôt le ministère public à rouvrir le dossier. Une commission rogatoire fut dépêchée au Maroc après la découverte de la Golf GTI d'Agnes Walchoffer ensablée sur une plage au sud de Tan-Tan. Une autre suivit à destination du Pérou, où les deux complices étaient entrés sous leur véritable identité avant de se volatiliser dans la nature. Très vite, les enquêteurs furent mis sur la piste de deux critiques [gastrono]miques anglais dénommés Pott et Mu[lr, qui] auraient été impliqués, de près ou de lo[in,] dans le rapt de trois condors géants dans le canyon del Colca. Mais là encore leur trace se perdit dans la brume des rumeurs et des témoignages apocryphes.

Plus ils perdaient en consistance, plus ils gagnaient en renommée, confirmant la règle selon laquelle la gloire est inverse au mérite. Les dieux ne l'accordent qu'aux petits, qui ne présentent aucune menace à leur pouvoir, et Klein et Vasconcelos indéniablement étaient de ceux-là. Chaque jour, des internautes hystériques amendaient leur notice sur Wikipédia. Les histoires les plus folles circulaient à leur sujet. Selon certaines sources, Vasconcelos était le fils illégitime du colonel Kadhafi et d'une hôtesse de l'air moldave ; Klein avait eu une liaison avec Mary-Kate Olsen alors que celle-ci n'avait pas encore treize ans et venait de quitter la série culte *La Fête à la maison*. Sur les réseaux sociaux, on s'échangeait des photomontages où les deux fugitifs apparaissaient sur un optimiste en plein océan Pacifique, assis en tribune à Roland-Garros en train de prendre un bain de soleil ou souriant aux côtés de Dominique Strauss-Kahn à l'intérieur d'un célèbre club échangiste new-yorkais peu après sa sortie de prison. Leurs marionnettes firent leur apparition aux Guignols : les deux ex-journalistes faisaient semblant de couvrir les conflits les plus chauds du globe, alors qu'ils se trouvaient en réalité au bord d'une piscine à siroter des *mojitos* et à lire les magazines people où l'on dressait leur thème astral ou composait des mots fléchés illustrés de leurs photos. Dans ses célèbres mémoires écrits à l'âge de vingt-sept ans, Zahia Dehar, l'ancienne call-girl, affirme avoir couché avec les deux fugitifs, livrant même quelques détails scabreux : Klein était affublé d'un sexe minuscule, tandis que Vasconcelos se contentait de les regarder baiser en aboyant à quatre pattes sur la moquette. Rien n'étonnait plus personne venant d'eux. Dans les dîners en ville, chacun y allait de son anecdote. Il était de bon ton de les avoir croisés *à l'époque*. Et cette époque désignait cette période de leur vie où les deux hommes collectionnaient les bons de réduction chez Leclerc et s'incrustaient dans les boîtes de nuit à la mode en expliquant au videur qu'ils venaient y chercher leur fille, mineure, avant d'en ressortir quatre heures plus tard, beurrés comme des Polonais, et d'aller vomir dans le caniveau toute la vodka qu'ils avaient bue au goulot en attrapant au hasard des bouteilles sur les tables des VIP.

Si les gens les appréciaient tant, c'est qu'ils rendaient le monde moins pesant. Ils permettaient à l'humour – ce « plaisir étrange issu de la certitude qu'il n'y a pas de certitudes », comme le définit Milan Kundera (qu'ils n'avaient pas lu) – de s'insinuer dans leur vie. Mais ce qui fascinait encore plus chez eux était leur jusqu'au-boutisme. Klein et Vasconcelos ne semblaient connaître aucune limite. Malgré la multiplication des enquêtes à leur sujet, ils n'envisagèrent à aucun moment de se rendre. Non qu'ils eussent peur – les chefs d'accusation à leur encontre n'étaient pas encore bien méchants –, mais ils avaient en horreur l'autorité, les formalités et tutti quanti. Trop d'ennuis les attendaient en France, alors que sur la route... Il leur suffisait de changer d'endroit pour semer la horde de leurs problèmes. D'autres s'amassaient-ils à l'horizon ? Ils pliaient aussitôt bagages, comme si le mouvement avait le don de les faire disparaître. De les rendre invisibles au reste du monde. La vitesse était leur asile. Elle détachait les soucis de leur conscience, comme le vent, les larmes des yeux. Pas le temps de tergiverser, ils étaient déjà ailleurs. C'est-à-dire nulle part. Dans une sorte de présent éternel qui n'appartenait à aucune histoire ni à aucun lieu. Chaque jour il leur fallait réinventer un monde et chaque nuit le détruire. Mais cette fuite en avant hélas ne pouvait que retarder l'échéance, et tôt ou tard Klein et Vasconcelos seraient rattrapés par cette ombre qui les suivait à la trace, dormant dans les hôtels quand ils en étaient déjà repartis, suivant au millimètre près les mêmes chemins et les mêmes itinéraires qu'eux, ramassant chacun des indices qu'ils laissaient dans leur sillage et qui seraient un jour autant de pièces à conviction contre eux, cette ombre lancinante, opiniâtre, à laquelle ils croyaient pouvoir échapper, mais qui se tenait toujours derrière, prête à leur taper sur l'épaule et à les démasquer : leur passé.

Ils se lancèrent alors dans une surenchère. Leur boulimie de voyage ne connut plus de limites. Ils frappaient à toutes les portes, surmontaient tous les obstacles. Leur inconscience les poussait à prendre toujours plus de risques. On commença à parler d'eux, à donner leur signalement. Tôt ou tard, on finirait par les prendre. Les deux hommes ne pouvaient l'ignorer, mais que faire pour y échapper ? Un dernier éclair de lucidité traversa Vasconcelos. L'intuition la plus géniale qu'il eût jamais eue : ils cibleraient désormais les pays où aucun touriste n'osait s'aventurer. Des pays à l'image si catastrophique qu'on s'empresserait de leur dérouler le tapis rouge, trop heureux d'accueillir des journalistes étrangers curieux de découvrir les charmes des paysages ou les saveurs de la cuisine locale plutôt que les charniers, les victimes d'attentats ou les villages dévastés par un séisme.

Ils choisirent pour première étape la Colombie. Proexport, une agence gouvernementale en charge de la promotion du tourisme et des investissements étrangers, se hâta de prendre en charge leur séjour. Klein et Vasconcelos y restèrent pendant plus d'un mois, même si nous ne possédons sur leur séjour aucune information précise. Ni photos, ni témoignages, ni registres d'hôtel, et le seul document sur lequel nous pouvons nous appuyer pour tenter d'imaginer leur itinéraire reste le *Guide du routard* « Colombie », édition 2010, retrouvé dans leur villa de Zanzibar.

Si je me fie à la rubrique « Itinéraires conseillés » au tout début du livre, Klein et Vasconcelos ont très certainement visité Bogota et son merveilleux musée de l'Or, la cathédrale de sel de Zipaquirà, la ville coloniale de Carthagène et ses longues plages brûlantes, les ruines précolombiennes de la Ciudad Perdida, la *zona cafetera* et ses gigantesques palmiers de cire, les bars à salsa de Cali, les méandres de l'Amazone ou encore la rugueuse côte pacifique. En revanche, la section « Dangers et enquiquinements » fait état d'enlèvements fréquents, d'attaques à main armée, ainsi que de nombreuses agressions à l'aide d'une drogue dissimulée dans un plat ou une boisson, autant d'informations qui n'ont pas dû manquer de freiner leurs ardeurs touristiques. Le plus probable dès lors est qu'ils soient restés dans leur chambre d'hôtel à boire de l'aguardiente et à se gaver de haricots rouges tout en regardant la telenovela *Sin tetas, no hay paraiso*, que l'on traduira par « Sans nibars, il n'y a pas de paradis », et dont il est fait mention dans la rubrique « Culture locale » qui fait suite à celle intitulée « Cuisine et boissons » dont je me suis largement inspiré pour ce paragraphe.

Certains ont laissé entendre que les deux hommes se seraient soumis à des opérations de chirurgie esthétique dans une clinique située dans la célèbre « Silicone Valley » de Medellin, mais ces allégations me paraissent exagérées. Si le visage de Klein, tel qu'on l'a retrouvé sur la plage de Jambiani, était méconnaissable en raison de l'acharnement des barracudas ou des requins-tigres à son endroit, celui de Vasconcelos correspondait en tout point au portrait que l'on connaissait de lui, même s'il avait revêtu, sous l'effet de l'asphyxie, une légère teinte bleutée qui n'était pas sans rappeler le Canard W-C. En revanche, rien ne dit qu'ils ne se soient pas procuré de faux passeports biométriques par vol ou par usurpation d'identité. Cette pratique est assez répandue dans la région, selon les auteurs du *Guide du routard*, auxquels j'accorde le plus grand crédit.

Ces agissements, réels ou supposés, finirent par lasser le directeur de Proexport, qui décida de les expulser du pays. Après quoi, leur trajectoire se perd à nouveau. Scandales, rumeurs et légendes s'enchevêtrent, dessinant le portrait de deux desperados fuyant d'un endroit à l'autre, sautant sur la moindre opportunité avant de disparaître comme des fantômes, laissant derrière eux des ardoises mirifiques et des fonctionnaires incrédules. Leurs noms ressurgissent en Tunisie et en Égypte dans le sillage des révolutions arabes, au Japon à la suite de l'incident nucléaire de Fukushima, puis dans de nombreuses ex-républiques soviétiques dont les dictateurs se réjouissaient de recevoir d'illustres reporters étrangers venus vanter les beautés de leurs plages à l'eau visqueuse et mazoutée ou les agréments de leurs stations de ski dont les infrastructures rouillées et chancelantes remontaient à la grande époque de Brejnev.

Cynisme ? Désespoir ? Je-m'en-foutisme ? Quel que soit son nom, cette attitude leur a été vivement reprochée, notamment par le philosophe Alain Bernard, pour qui la conscience politique de Klein et Vasconcelos était *aussi développée qu'un cerveau de têtard*. Opinion aussitôt contestée par Zivonjic qui estime que *leur néo-anarchisme dépasse le clivage des frontières et des régimes politiques pour jeter les bases d'un nouvel internationalisme. – L'internationalisme de la connerie, oui,* s'est moqué son rival. Ce sur quoi, Zivonjic s'est plaint d'être systématiquement calomnié et persécuté par l'intelligentsia bourgeoise et parisienne incarnée par Bernard, esquissant même un rapprochement périlleux entre les cas Klein et Vasconcelos et les soubresauts de l'affaire Dreyfus au début du siècle précédent.

Ces débats évidemment n'eurent aucune incidence sur le parcours des principaux protagonistes, qui échouèrent, après de longs et tortueux détours, en Azerbaïdjan au début du mois d'octobre 2011. Pourquoi l'Azerbaïdjan ? Cette petite république du Caucase, propriété de la famille Aliyev depuis 1993, se préparait à accueillir l'édition 2012 du concours de l'Eurovision après l'avoir emporté à la surprise générale l'année précédente. Les autorités y avaient vu une opportunité unique de montrer au monde que leur pays, dont le rayonnement international était quelque peu obscurci par la guerre fratricide qui l'opposait aux Arméniens dans le Haut-Karabagh et par les scores à la soviétique obtenus par Aliyev père et fils lors des différentes élections présidentielles, avait changé de dimension. D'où politique de grands travaux et campagne médiatique tous azimuts, dont Klein et Vasconcelos furent en quelque sorte les premières têtes d'affiche.

Ils eurent ainsi les honneurs, durant deux semaines, du Park Hyatt Bakou, d'une interprète azérie et d'une limousine avec chauffeur censée les conduire à leurs moindres rendez-vous. Sauf que Klein et Vasconcelos, comme leurs hôtes le comprirent très vite, n'avaient aucune intention de se rendre au moindre rendez-vous, quel qu'il soit, pour la simple et bonne raison qu'ils n'en avaient pas. Pire : ils n'avaient rien prévu de visiter. Ni la ville fortifiée du XIIe siècle transformée en décor de parc d'attractions avec salons de thé et vendeurs de kilims tout droit sortis d'un remake bollywoodien des *Mille et Une Nuits*, ni la toute nouvelle salle de concert dont la forme ultra-futuriste avait été calquée sur la signature de feu Aliyev père. À ces pèlerinages officiels, les deux hommes préféraient la solitude moquettée de leur suite du Park Hyatt ou la blanche géométrie des courts de tennis *indoor* sur lesquels ils se livraient à des joutes dantesques ponctuées de cris de joie et de jets de raquette à la McEnroe. Ils s'aventurèrent à quelques reprises dans la ville basse, écumant le Bulvar qui longeait la mer Caspienne, photographiant les façades pseudo-haussmanniennes qu'on avait plaquées à la va-vite sur les anciennes barres staliniennes, ou s'encanaillant dans des bars à hôtesses dans lesquels les entraînaient de jeunes oligarques braillards et dépensiers, grisés à l'idée de cornaquer des Occidentaux en goguette.

Ce type de fréquentations n'est peut-être pas étranger au fait que Klein et Vasconcelos se retrouvèrent mouillés dans de sombres histoires de caviar de contrebande ou de gogo-danseuses ukrainiennes entrées en France avec des visas de jeunes filles au pair, ni à l'agacement grandissant du ministre du Tourisme, Marat Garayev, qui s'était engagé à prendre en charge l'intégralité de leur séjour et se retrouvait désormais avec des factures de champagne et de *body massages* proprement hallucinantes. Mais leur erreur sans doute fut de chercher à acheter du cannabis dans un pays où la consommation de drogue était sévèrement réprimée et où un opposant politique sur lequel on avait retrouvé 0,74 gramme d'herbe – l'équivalent de deux ou trois joints – venait ainsi d'être condamné à dix ans de prison ferme. Alors que faire avec deux pseudo-journalistes franco-mexicains – à moins qu'ils ne fussent suisso-argentins à cette époque, la chose n'était pas claire –, se baladant avec plus de cent grammes d'herbe dans une limousine officielle qui venait de les ramasser à la sortie d'une boîte à putes ?

Klein et Vasconcelos s'échappèrent en catastrophe par la fenêtre de leur suite du Park Hyatt, qui donnait par bonheur sur la piscine extérieure. À la suite de quoi, trempés comme des pingouins, ils sautèrent par-dessus le mur latéral, tombèrent dans un chariot de linge sale, dévalèrent la rue, poursuivis par une ribambelle de gouttelettes, s'engouffrèrent tête la première dans un taxi, puis filèrent vers le port de Bakou. Ce fut la première adresse qui leur vint à l'esprit et ce fut cette inspiration sans doute qui les sauva. Alors que la police, sur les ordres du terrible Marat Garayev, dressait des barrages sur la route de l'aéroport et sur les principales voies d'accès à la capitale, Klein et Vasconcelos se faufilaient sur les docks au milieu du maelström des grues et des containers, se camouflant derrière les cargaisons ou dans l'ombre des tankers tandis que s'ouvrait devant eux l'étendue noire et huileuse de la mer Caspienne dont dépendait leur salut...

12

J'aimerais pouvoir mener cette enquête à son terme avec le plus de rigueur et de précision possible, mais je crains de devoir renoncer à cette ambition si Klein et Vasconcelos continuent à se comporter avec autant d'inconséquence. À chaque fois que je pense les saisir, ils m'échappent ; à peine crois-je les comprendre qu'ils me contredisent comme s'ils avaient décidé de foutre le boxon jusque dans ce livre. Parfois j'ai même l'impression que l'on me prend pour un pigeon. Ce qui est absurde, évidemment : les deux hommes ne me connaissaient pas et ils n'ont pu mener leur folle existence dans le seul but de tyranniser leur biographe et d'étoffer leur légende en y ajoutant des ellipses et des zones d'ombre.

Si je n'arrive pas à retracer leur histoire avec plus de sérieux et de conviction, c'est peut-être que leur amateurisme et leur paresse ont fini par contaminer mon travail et que les zigzags de ma pensée suivent les tours et détours de leur propre parcours avec la même nonchalance obstinée. Voilà pourquoi, parvenu à cette « étendue noire et huileuse de la mer Caspienne dont dépendait leur salut », je ne parviens pas à continuer. Impossible de me projeter au-delà. Je ne sais absolument rien de leurs tribulations entre Bakou et Zanzibar, et les seules sources que je possède sont les scènes extraites de leur pseudo-film autobiographique ainsi que quelques bribes de chat sur Skype entre Klein et la jeune Olafsson. Comment poursuivre avec si peu ? Quelle direction choisir ? Évidemment, il serait tentant d'imaginer Klein et Vasconcelos tels deux fugitifs, voyageant la nuit dans des trains de marchandises, traversant des cordillères enneigées à dos d'âne, rampant sur des plages balayées par les lampes-torches des garde-côtes, se cachant dans la soute brûlante d'un cargo ou conduisant des troupeaux de chèvres en plein désert, déguisés en Berbères, mais nous serions sans doute très éloignés de la vérité. Klein et Vasconcelos ont pu tout aussi bien voyager jusqu'à Mascate, puis prendre un vol de correspondance pour arriver quatre ou cinq heures plus tard sur l'archipel dont ont rêvé des années durant Arthur Rimbaud et Joseph Kessel. Rien ne prouve le contraire, même si...

Le pseudo-film autobiographique d'abord. J'ai longtemps repoussé l'idée de m'en servir dans cette enquête. À raison : il ne vaut rien. Que pourrait-on tirer d'un tel OFNI (objet filmique non identifié, selon le terme de Zivonjic) ? Les rushes mis bout à bout ne dépassent pas les trente minutes, et encore, sur les trente, vingt sont parfaitement inexploitables – tentatives de caméra cachée, scènes shootées dans le noir, plans fixes avec les personnages hors champ... Difficile de savoir ce qu'ont cherché à faire les deux complices. Témoignage ? Canular ? Film expérimental ? Les rares scènes regardables oscillent entre le journal intime, le documentaire paysager et le film à sketchs – essais de postiches devant la glace, ridicules imitations d'accents étrangers... Autant de bouffonneries qui ont conduit une poignée de commentateurs à dénoncer leurs aventures comme une vaste fumisterie orchestrée par deux potaches égocentriques, intoxiqués par l'idée de devenir célèbres, quitte à s'inventer une vie en carton-pâte. Sous-entendu : Klein et Vasconcelos n'auraient jamais grugé les hôtels ni changé de patronyme ; ils n'auraient jamais traversé tous ces pays ni été poursuivis par la police ; bref, ILS N'AURAIENT JAMAIS EXISTÉ VRAIMENT.

Inutile de préciser que ce type de dérive négationniste me paraît extrêmement dangereuse et que je ne m'abaisserai pas ici à en développer les arguments fallacieux. Ce serait accorder trop d'importance à ces individus dont la partialité et la mauvaise foi intellectuelle sont une insulte au sens commun.

En revanche, il serait précipité de jeter aux orties l'ensemble de la filmographie de Klein et Vasconcelos au seul prétexte qu'elle ne dure qu'une demi-heure et qu'on n'y comprend à peu près rien. Je ne peux m'empêcher de penser qu'il s'y trouve quelque chose – un plan, un visage, un instant – à même d'éclairer leur histoire et de nous renseigner quant à leurs intentions. Deux extraits qui concernent la période postazérie ou prézanzibarite de leur œuvre méritent qu'on s'y arrête quelque peu :

Plan I.
Extérieur. Un bateau. Jour.

Klein est debout dans le cockpit d'un bateau en train de discuter avec ce qui ressemble à un commandant de bord ou peut-être à un capitaine. La caméra – tenue par Vasconcelos lui-même ? – reste à distance, derrière la vitre du cockpit, si bien qu'on ne peut rien entendre de leur conversation. Klein semble parler avec véhémence, agitant les mains en l'air tandis que le capitaine, ou le commandant, l'écoute d'un air renfrogné, pour ne pas dire hostile. Le mouvement de la caméra – qui ne cesse de bouger en raison de la houle –, joint au sifflement du vent – qui s'obstine à imiter le bruit d'un œuf en train de frire sur une poêle –, rend le visionnage de cette séquence particulièrement pénible, ce dont le réalisateur semble se rendre compte au bout d'une trentaine de secondes en décidant d'éteindre brusquement la caméra.

**Plan II.
Extérieur. Une plage. Nuit.**

Vasconcelos est debout sur une plage au crépuscule, une valise en cuir posée à ses côtés. Il est pieds nus, en costume bleu nuit, le regard fixé sur l'océan. La caméra s'approche lentement de lui, de trois quarts, avant de le contourner par la droite et de révéler son visage en plan serré. Un visage impassible, quasi christique, à la peau tannée et marbrée de sel. Puis la caméra continue à tourner autour de lui, révélant tour à tour en arrière-fond la mer et une espèce de végétation anarchique jonchée de détritus et de carcasses de tôle. La caméra continue ainsi à graviter autour de Vasconcelos, en une sorte de valse narcissique, jusqu'à ce que celui-ci finisse par lever un pistolet et le braque contre sa tempe. Ses doigts sont crispés sur la détente ; on s'attend à ce qu'il tire d'une seconde à l'autre. La caméra accomplit encore deux ou trois tours dans une tension insoutenable, puis s'arrête sur la figure de Vasconcelos. La barbe tachetée de sel, les cheveux plaqués en arrière, le verre des lunettes réfléchissant le tumulte de l'océan. Alors celui-ci appuie sur la détente et un jet d'eau gicle contre sa tempe avant de dessiner de fines rigoles le long de sa nuque. Vasconcelos s'écroule de rire.

Même s'il est délicat de tirer la moindre conclusion de ces deux extraits pour le moins énigmatiques, je persiste à croire que ce film n'est pas aussi absurde qu'il n'y paraît. À moins que je ne sois à mon tour en train de succomber à la fascination perverse qu'exercent les deux hommes et commence à voir des indices là où il n'y a sans doute que du vent, tel ce personnage de Gombrowicz qui croit deviner dans une simple lézarde sur le mur une flèche lui indiquant un chemin à prendre. Mais comment savoir si cette fissure n'est pas un signe tant que l'on n'a pas suivi jusqu'au bout ? Comment savoir si l'on se trompe tant qu'on ne s'est pas trompé ?

J'ai tenté d'interroger Alban Verhaeghe à ce sujet, mais il s'est montré aussi mutique que la première fois. Le film, selon lui, pouvait dire quelque chose ou non. Tout dépendait du point de vue d'où l'on se plaçait.

— Vous pensez qu'il cache un message ? lui ai-je demandé.

— Peut-être.

— Mais c'est tout de même très mal filmé.

— C'est un genre comme un autre.

— Et vous pensez l'intégrer à votre documentaire ?

— Pourquoi pas ? Je vous inviterai à l'avant-première si vous voulez.

Ce sont les seuls mots que je suis parvenu à lui arracher, de telle sorte que, à l'heure où j'écris, je ne suis pas plus avancé sur la question de savoir si ce film a un intérêt ou pas. En attendant d'éclaircir cette épineuse question, il vaut mieux nous concentrer sur la correspondance Klein-Olafsson, qui offre davantage de pistes, afin de cerner ce qui a pu arriver à Klein et à Vasconcelos entre leur fuite de Bakou et leur arrivée à Zanzibar. Les passages que je publie ici – miraculeusement conservés sur le compte Skype de la jeune Olafsson – ont été quelque peu remaniés afin de se conformer à un meilleur confort de lecture.

3 novembre 2011, 01 h 25

K : Tu es là, mon chat ?
O : Oui !!! Tu me manques.
K : Toi aussi, tu me manques !!!!!
O : T'es où ?
K : Je ne peux rien te dire.
O : Pourquoi ?
K : Tu sais bien pourquoi.
O : Ah non… Tu vas pas recommencer avec ça !
K : Vasconcelos prétend qu'ils peuvent nous retrouver grâce à Internet. Ils peuvent contrôler nos conversations et nous repérer à travers leurs satellites.
O : Mais qui ça, ILS ????
K : Les types qui nous cherchent.

O : Merde, Thomas ! PERSONNE ne vous cherche !

K : Tu crois ?

O : J'en suis sûre.

K : Et à la télé ? Qu'est-ce qu'ils disent de nous à la télé ?

O : Mais rien ! Les gens prennent ça comme une blague…

K : Une blague ?

O : Ça les amuse, c'est tout. Tu crois pas qu'ils ont d'autres problèmes dans leur vie.

K : Quand même… On n'est pas n'importe qui. Il paraît même qu'on a nos marionnettes aux Guignols.

O : Ouais, j'ai vu ça.

K : Et alors ? Elle est comment ?

O : Franchement, elle est naze.

K : Comment ça, elle est naze ?

O : Le truc, c'est qu'ils en ont repris une vieille qu'ils avaient en stock, celle d'un acteur français en vogue dans les années 80. Mes copines croient que je sors avec un vioque, maintenant. C'est grave la honte !

K : Ils n'ont pas pu me faire ça, quand même. C'est pas possible ! C'est pas de ma faute si cet acteur me ressemble, et il est tombé dans l'oubli, merde !

O : Tu vois bien qu'ils n'en ont rien à foutre. Les gens voient vos marionnettes, mais ne savent même pas qui vous êtes. Personne ne vous a jamais vus en vrai. C'est comme si vous n'existiez pas.

K : Ah je vois…

O : Qu'est-ce que tu vois ?

K : Tu dis ça parce que tu ne supportes pas que je sois célèbre.

O : Ah ouais. Tu te prends pour Justin Bieber maintenant.

K : Qui ça ?

O : Laisse tomber.

K : Écoute, mon chat. Je comprends que la situation soit difficile pour toi, mais il faut que tu sois patiente.

O : Mais bordel, personne n'est en train de vous poursuivre, Thomas ! Vous pouvez rentrer sans problème. Personne ne vous fera chier. Je te jure. Il faut que tu m'écoutes… Thomas ?…. Thomas ?

K : Tu es avec eux, c'est ça ?

O : Qui ça, eux ?

K : Ceux qui nous cherchent. Tu travailles avec eux. Ils t'ont engagée pour que tu me persuades de rentrer et à présent tu es en train d'essayer de me manipuler.

O : Mais tu délires complètement ! Je ne travaille pour personne !

K : Si ça se trouve, tu es avec eux en ce moment.

O : Je suis seule. Il n'y a PERSONNE avec moi.

K : Ah, tu m'as bien eu ! J'aurais dû me douter que tu n'étais qu'une petite salope comme les autres. Une petite vicieuse qui donne son cul au premier venu. Et maintenant que je suis célèbre, tu te sers de moi.

O : Mais bordel, Thomas, tu n'es même pas célèbre !! Personne n'en a rien à foutre de toi. Tu n'es qu'une putain de marionnette en caoutchouc. Est-ce que c'est ça, être célèbre ? Être une putain de marionnette en caoutchouc ? Et en plus, ce n'est même pas la tienne. Ils ont pris celle de ce foutu acteur français. Tu imagines ? Même en marionnette, ils ne veulent pas de toi !

K : Oh ! Je vois très bien où tu veux en venir. Tu essaies de me rabaisser. Tu essaies de me pourrir pour que j'aie les boules et que je vienne pleurer dans tes bras. Tu crois peut-être que je suis assez con pour me laisser coincer comme ça. Mais je ne les laisserai jamais m'attraper, tu m'entends. Jamais. Plutôt crever !

O : Mais tu débloques complètement !!! Il faut que tu te soignes. C'est ce Vasconcelos qui te fout toutes ces idées délirantes dans la tête. ☺

K : Vasconcelos n'a rien à voir là-dedans.

O : Thomas, s'il te plaît. Je n'en peux plus. Il faut que tu te calmes. Il faut que tu rentres. Je crois que je vais devenir folle si ça continue. Ça fait tellement longtemps qu'on n'a pas baisé. Tu te souviens la dernière fois...

K : N'essaie pas de m'avoir comme ça.

O : Quand j'y repense, je mouille tellement, que ma culotte me colle aux doigts. Oh ! Thomas, j'ai tellement envie de me toucher quand je te parle. J'imagine que c'est ta main qui descend sur mon ventre et se glisse sous l'élastique de ma culotte et se met à effleurer lentement mes poils et je serre les cuisses parce que j'ai peur et que j'ai envie et je crois que j'ai honte aussi. Mais j'aime tellement sentir ta main là, logée entre mes cuisses, comme une petite bête chaude, et tes doigts qui caressent mes lèvres et les entrouvrent doucement, et à ce moment je suis tellement trempée que j'ai l'impression de pisser sur tes doigts et je ne veux plus que tu partes de moi alors je serre encore et je me frotte contre toi et je sens mon clitoris qui se gonfle et toutes mes forces convergent vers ce point et je crois que je pourrais exploser, je crois que je suis tellement excitée que je pourrais crever à l'instant tandis que ta main fouille à l'intérieur de moi et qu'avec l'autre tu attrapes mes seins sous le T-shirt et les malaxes et les pelotes et je te dis mords-moi et tu me mords et je renverse la tête en arrière et je relève les jambes parce que j'ai envie que tu t'enfonces plus loin en moi, j'ai envie que tu me remplisses tout entière et l'attente me rend folle, alors tu glisses deux doigts dans ma chatte et tu commences à les agiter, à les faire vibrer à l'intérieur de moi, puis j'imagine que tu te baisses et que tu approches ton visage, que tu écartes mes fesses et que tu te mets à me lécher le cul, tu me branles avec tes deux doigts et en même temps tu te mets à me bouffer l'anus et maintenant je dois mordre dans un coussin pour ne pas crier parce que j'ai peur que mes parents pénètrent dans la chambre et nous surprennent, j'ai peur que mes parents te voient à quatre pattes entre mes jambes en train de fourrer ta langue dans mon cul et cracher dessus et qu'ils voient cette petite larve de salive glisser lentement le long de ma muqueuse

puis disparaître d'un seul coup dans mon trou et que tu enfonces tes doigts à nouveau, entrant et sortant par petits coups, tandis que je gémis dans le coussin et que je sens ta main à l'intérieur de moi, ta main qui pourrait presque me soulever du siège et je jouis, je jouis comme une folle, Thomas… Thomas ? Thomas, tu es toujours là ?
K : Tu crois que je vais tomber dans ta combine ?
O : Quelle combine ?
K : Tu crois que tu vas réussir à m'allumer comme le premier péquenaud venu devant un peep show. Tu crois que tu vas me faire perdre la tête aussi facilement ?
O : Mais de quoi tu parles ?
K : Oh, ce n'est pas ton gros cul de mammouth qui va me faire perdre la boule, crois-moi. Je vois très clair dans ton petit jeu. Tu veux que je rentre te baiser ? Eh bien tu n'as qu'à te faire baiser par les types pour qui tu bosses, tiens. Tu n'as qu'à leur donner ta petite chatte toute blonde pour qu'ils te la ramonent et que tu gicles sur leurs gueules d'empaffés comme un des putains de geysers de ton pays à la con, mais je ne me ferai pas avoir par une putain de cochonne fourrée à la bite de flic comme toi. Jamais. Tu m'entends ? Jamais.

4 novembre 2011, 14 h 37

K : Elma ? Tu es là, mon chat ? Excuse-moi pour hier. J'ai été un con. Je ne sais pas ce qui m'a pris… Elma, s'il te plaît. Essaie de me comprendre. Ça fait des jours que je ne dors pas. Je crois que je deviens fou… Les nuits, j'ai toujours l'impression qu'il y a quelqu'un là, juste derrière notre porte, et que cette personne hésite à frapper. Je peux presque entendre ses pas et les cigarettes qu'elle fume pendant qu'elle attend, et moi je la guette, dressé dans mon lit, au milieu de l'obscurité, en me demandant qui est cette personne, si elle va finir par frapper ou si elle va repartir et nous laisser tranquilles pour cette fois… Mais même si elle s'en va, je sais que ce n'est pas fini, je sais qu'elle reviendra le lendemain et que je serai encore là dans le noir à attendre de savoir si elle va frapper ou pas. Trois coups secs, trois coups de rien du tout, et tout sera fini pour nous… Oh Elma, j'aimerais tellement que tu sois là. J'aimerais tellement pouvoir te tenir contre moi quand j'entendrai les trois coups et que la porte s'ouvrira. Tu crois que je suis devenu fou ? Tu crois que tout ceci ne se passe que dans ma tête ? Oh Elma ! Aide-moi s'il te plaît.

5 novembre 2011, 10 h 12

K : Chat ? Il faut que tu me parles. Ça ne va pas du tout. Je crois que je suis perdu sans toi… Mon chat, je t'en supplie. Je ne sais plus quoi faire. Je me demande si tout ça rime encore à quelque chose. Plus j'y réfléchis, plus je me demande comment on a pu se retrouver dans cette merde là. Tout est allé si vite. Au début, on pensait seulement à profiter, à prendre du bon temps, et puis maintenant… C'est comme si rien n'avait changé au fond. On a beau aller au bout du monde, on a beau dormir chaque soir dans des palaces, on reste coincé avec soi-même. Avec ses démons et ses problèmes. Et ils deviennent encore pires avec le temps. Parce qu'on croit les avoir oubliés, on croit les avoir laissés derrière soi, mais quand ils reviennent, ils se vengent. Mais qu'est-ce qui nous attendait à Paris ? On n'allait pas continuer toute notre vie à bosser comme des chiens, à monter des projets, à courir les rendez-vous, à supplier des gens pour qu'ils nous donnent un peu de blé et pour quoi au bout du compte ? Pour avoir tout juste de quoi bouffer. Je me demande ce qui pousse les gens encore à se lever le matin. Je veux dire : ils n'ont plus rien qui gouverne leur existence, ni patrie, ni religion, ni famille, ni idéologie, rien ! Ils sont leur seule et unique raison d'être. Alors pourquoi continuer ? Pourquoi se faire chier ? Pour satisfaire leurs besoins ? C'est ça, la justification finale de leur existence : satisfaire leurs petits besoins de merde comme des putains de rats ? Qu'ils aillent tous se faire foutre !.... Oh Elma, tu me manques tellement. Je crois qu'il faut juste être patient et que les choses finiront par s'arranger. Elles se sont toujours arrangées, n'est-ce pas ? On se retrouvera tous les deux comme avant. Je reviendrai à Reykjavik et on fera l'amour contre le vieux buffet en pin dans l'appartement de tes parents et on entendra la vaisselle s'entrechoquer à l'intérieur comme si un métro était en train de passer sous nos pieds et que la terre s'était mise à trembler et tu auras les joues toutes rouges à cause de l'effort et de la crainte de voir débarquer tes vieux et qu'ils nous surprennent en train de baiser contre le vieux buffet en pin et alors tu m'agripperas encore plus fort et tu agiteras tes reins contre les miens avec une fougue désespérée et tu feras tout pour venir, pour jouir sur-le-champ, et tes joues seront en feu et tes joues seront en sang. Oh mon Dieu, je repense à tes joues et j'ai envie de pleurer…

7 novembre 2011, 21 h 32

K : Je comprends que tu m'en veuilles, Elma, mais ça ne peut pas durer. Il faut que tu m'aides. Je ne m'en sortirai jamais tout seul… Avant-hier j'ai bien cru qu'on allait se faire prendre ! On avait réussi à s'embarquer sur un navire de commerce, mais le capitaine a découvert que nos noms ne correspondaient pas à ceux sur nos passeports. Il a voulu nous débarquer et nous livrer aux flics. Ça a été toute une histoire pour le faire changer d'avis. Il était extrêmement remonté et ne voulait rien entendre. En plus de cela, cet abruti de Vasconcelos n'arrêtait pas de filmer la scène derrière la vitre du cockpit. Il est en train de devenir encore plus jeté que moi, je crois. Enfin… On a fini par s'en sortir. Le capitaine nous a débarqués, mais il nous a promis de ne pas alerter les flics. Je ne sais pas combien de temps on va pouvoir continuer à tenir comme ça. Vasconcelos dit qu'il a une idée pour nous tirer d'affaire, mais je ne sais pas si je dois le croire. Il a toujours de ces idées. Cette fois-ci, il me dit que c'est du sérieux, qu'il a trouvé un moyen de résoudre tous nos problèmes, un truc sûr à 100 %... Je me demande s'il n'est pas en train de perdre la boule. Il y a quelque chose dans son visage, dans la manière dont il me regarde, qui me fout les jetons. Mais peut-être je me fais des idées, peut-être que c'est moi qui délire complètement et Vasconcelos a raison...

10 novembre 2011, 14 h 02

K : Elma !!!!! Le plan de Vasconcelos est absolument GÉNIAL !!!! Je ne peux pas te raconter tous les détails, mais on va s'en sortir cette fois. C'est sûr. Il m'a tout expliqué. On va pouvoir se revoir très bientôt. Tu te rends compte ? Je vais pouvoir venir te voir à Reykjavik... Il nous faut juste deux ou trois semaines pour arranger nos affaires et ensuite on sera bon. Tout recommencera comme avant.
O : Thomas...
K : Mon chat !!!!! Tu es là ? J'avais peur que tu ne me parles plus jamais...
O : Tu ne vas pas faire une bêtise au moins.
K : Pourquoi voudrais-tu que je fasse une bêtise ?
O : Qu'est-ce que c'est que ce plan ? Ce n'est pas quelque chose d'illégal au moins.
K : Je ne peux pas t'en parler, mais ne t'inquiète pas. C'est quelque chose de sûr à 100 %. Une fois qu'on en aura terminé, on sera libre à nouveau. On pourra effacer le passé. Tout va s'arranger, mon chat.

O : Tu m'as déjà dit ça tellement de fois.
K : Mais là c'est du sérieux, Elma. Tu me manques tellement. Je ferais n'importe quoi pour te revoir. N'importe quoi.
O : Et si ça ne marche pas ?
K : Mais ça va marcher. Il faut que tu me fasses confiance. On vient d'arriver sur cette île au large des côtes africaines. Une île qui ressemble à un paradis, tu devrais voir ça !!!
O : Pourquoi tu m'invites pas ?
K : Tu sais bien que c'est impossible. Et puis ils n'acceptent pas les femmes des journalistes dans les hôtels.
O : Mais je croyais que tu n'étais plus journaliste !
K : C'est plus compliqué que ça. Je t'expliquerai. Il faut juste que tu me laisses un peu de temps pour qu'on termine cette chose-là et ensuite je reviendrai. Je te jure que je reviendrai.
O : Mais c'est quoi, ce plan ? C'est encore une idée de ton pote ? C'est lui qui invente toutes ces putains de conneries qu'il te met dans la tête ? Parfois je me demande si vous ne couchez pas ensemble, tous les deux. Si ce n'est pas de lui que tu es amoureux.
K : Ne t'énerve pas, mon chat.
O : C'est un taré, ce type. Un putain de OUF !
K : C'est vrai qu'il est un peu spécial. Mais il va nous tirer de là, j'en suis sûr. Il a pensé à tout. Il faut juste que tu nous laisses un peu de temps.
O : Mais j'en ai assez d'attendre, Thomas. J'ai 19 ans. Il faut que je vive ma vie.

K : C'est la dernière fois, mon chat. On termine ce qu'on a à faire sur cette île et ensuite tout sera fini. On reprendra nos vies comme avant. Je te le promets. Je reviendrai à Reykjavik et on baisera contre le vieux buffet en pin et on entendra la terre trembler sous nos pieds, d'accord ?
O : D'accord.
K : Je t'aime, mon chat. Je t'aime plus que tout.

13

Les deux célèbres collaborateurs du *New York Times*, D.C. Tumball et William P. Silverstein, sont arrivés à l'hôtel Residence de Zanzibar le 28 novembre 2011. D.C. Tumball portait des lunettes de soleil aviateur, d'antiques bottes en python et un costume en lin bleu nuit qui avait l'air d'avoir davantage servi comme ciré ou comme sac de couchage que comme tenue de cocktail durant la belle saison aux Hamptons. William P. Silverstein, pour sa part, arborait un T-shirt Trophée Andros 2004, un appareil photo Nikon, une paire de jeans serrés et deux ou trois écharpes multicolores embobinées autour du cou. Si William P. Silverstein donnait l'apparence d'un garçon « *frêle et sympathique* », D.C. Tumball affichait au contraire un air « *funeste et hautain* », comme si « *tout contact avec des êtres humains, autres que Silverstein, lui était une corvée* ». Telle est en tout cas la description qu'a faite des deux hommes Nicolo Monti, manager général du Residence Hotel, lorsqu'il fut interrogé par la police zanzibarite après la découverte des deux cadavres au sud-est de l'île.

Un autre détail semble avoir retenu l'attention de Monti : l'enthousiasme délirant des deux journalistes pour Zanzibar. À les écouter, ils étaient venus réaliser bien plus qu'un simple reportage ; ils ambitionnaient de signer « *le plus beau coup de leur carrière* ». Zanzibar devait être leur « *chef-d'œuvre* ». Une sorte d'« *apothéose* » ou de « *voyage ultime* ». Sur le coup, Monti n'entendit pas grand-chose à ce charabia et mit leur emballement sur le compte de la chaleur et du décalage horaire. Il était habitué à recevoir des journalistes et les considérait pour la plupart comme de gentils excentriques payés à ne rien foutre. Cependant, il se pliait de bonne grâce à leurs caprices et ne chercha jamais à contredire Tumball et Silverstein, quand bien même ceux-là se comparèrent à Arthur Rimbaud et Joseph Kessel, lesquels avaient fantasmé toute leur vie sur le célèbre archipel sans jamais pouvoir l'atteindre. *Et savez-vous pourquoi ils ne l'ont jamais atteint, Mr Monti ? – Les transports n'étaient pas les mêmes qu'aujourd'hui. – Non, ils ne l'ont jamais atteint parce que Zanzibar est un rêve. Zanzibar est une utopie. Zanzibar est la tragédie de tout homme qui ne peut s'empêcher de désirer ce qu'il ne pourra jamais être. Zanzibar, voyez-vous, c'est le voyage impossible.*

Si Nicolo Monti se rappelle parfaitement ces paroles – prononcées lors d'une longue interview que Tumball fit de lui sur la plage du Residence en passant le plus clair de son temps *à fixer [s]on œil gauche* et *à gribouiller sur son Moleskine* –, il n'a gardé en revanche que peu de souvenirs des deux journalistes durant les jours qui suivirent. Et pour cause : Tumball et Silverstein n'étaient jamais là. Ils passaient leurs journées à sillonner les routes cahoteuses de l'île sous le balancement indolent des cocotiers, longeant des plages aux interminables dégradés de vert et de bleu, puis s'arrêtant pour déjeuner dans des bouis-bouis où ils faisaient une orgie de calamars et d'araignées de mer. Le long de la côte, les marées étaient si fortes qu'ils avaient l'impression parfois que la mer s'était retirée de la surface de la terre, découvrant un paysage lunaire entrecoupé de reliefs de coraux et de bancs de sable où s'aventuraient de longues silhouettes noires, un panier sur la tête, ramassant pieuvres et coquillages. Des boutres étaient renversés sur la grève et les pêcheurs dormaient dans leur ombre, les pieds écaillés comme des peaux de reptile. Ici et là s'échappaient des odeurs d'hibiscus et de poissons morts, de riz fumant et de chiens errants, et le soleil semblait incrusté dans le bleu du ciel comme si la planète avait cessé de tourner autour. Alors Klein et Vasconcelos repartaient vers les terres, traversant des villages misérables où les enfants tapaient dans leurs mains à leur passage et lançaient des élastiques. À droite et à gauche, les maisons en pisé n'avaient ni porte ni fenêtres, parfois un simple écriteau où on pouvait lire, tracé à la peinture : « Barber Shop » « Sony Retailer » « Billy's International Real Estate Agency ». Des flaques de pluie croupissaient dans les nids-de-poule. De mystérieux oiseaux croassaient au-dessus de leur tête. Et puis c'était déjà la grande route et Stonetown. Ses baraquements, ses motocyclettes, ses vendeurs d'épices à même le trottoir. Dans la halle aux poissons, un type ivre ronflait sur un des étals malgré les mouches qui noircissaient son visage. Un bébé requin était encore éventré sur le sol et sa chair ressemblait à de la purée de framboises. Ils visitèrent l'ancien marché aux esclaves : dans la cour, un guide montrait à des touristes l'arbre autour duquel les marchands arabes fouettaient les Noirs venus du continent afin de tester leur résistance. Des traces de sang étaient encore visibles sur les pierres. Un groupe d'Américains prenait des photographies en gros plan. À l'intérieur, ils virent les cellules avec leurs couches minuscules creusées à même le mur, les chaînes larges comme des boas constrictors, les portraits de ceux qui avaient disparu, emportés vers l'Orient. Puis ils ressortirent, soûlés de chaleur, dans la ville aux mille et une venelles. Partout des murs décatis, à la blancheur déchue, des maisons aux jalousies écroulées, des portes en bois cloutées comme des cercueils. Au détour d'une ruelle, on apercevait parfois le voile chamarré d'une femme aux fesses soyeuses comme un dos de coccinelle, puis celle-ci disparaissait dans un battement d'aile et il ne restait plus que la lumière aveuglante et la voix du muezzin qui retentissait au-dessus de la ville, vide et moite et écœurante...

Je me suis longtemps posé la question de savoir ce qu'ils cherchaient pendant ces journées qui nous demeurent en grande partie inconnues. Étaient-ils sur une affaire ? Un « *gros coup* », comme l'a laissé entendre Vasconcelos à Monti ? La découverte d'un sachet de marijuana et d'une tortue géante dans leur bungalow a pu laisser penser que leur présence sur l'archipel était motivée par des raisons criminelles. Sous-entendu : ils espéraient trouver à Zanzibar un moyen de se refaire. Une combine afin de se remettre en selle. Possible, mais les bénéfices qu'ils auraient pu retirer de pareils trafics s'avèrent minimes, et il y a fort à parier qu'il existait une autre raison pour laquelle ils écumaient l'île sans relâche, une raison qui n'exclut pas la précédente, mais à laquelle personne n'aurait osé songer à ce moment-là, une raison à la fois simple et terrifiante : parce qu'ils cherchaient le moyen de disparaître, parce qu'ils avaient décidé de mettre un terme à leur cavale, parce que la seule façon de tout recommencer à zéro, c'était de laisser croire qu'ils étaient morts.

D'aucuns sans doute s'élèveront contre cette idée et prétendront que je ne fais qu'inventer. Et alors ! Je demeure persuadé que les deux fuyards n'avaient aucune intention de se tuer. Au contraire. Leur suicide ne devait être qu'un jeu, une vulgaire mise en scène comme l'affaire du pistolet en plastique rose dans leur pseudo-film autobiographique. Ils désiraient feindre leur propre disparition. Une fois morts pour de faux, ils seraient retournés tranquillement en Europe, comme Klein l'avait promis à la jeune Olafsson. Voilà ce que devait être leur « *apothéose* ». Un double meurtre bidon qui les rendrait célèbres. Et libres à nouveau. Hélas ! Quelque chose avait mal tourné... Mais quoi ?

Si nous voulons tenter de décrypter les ultimes heures de leur trouble existence, nous n'avons d'autre choix que de nous appuyer sur les déclarations de Nicolo Monti, le dernier homme à les avoir vus en vie. Ce témoignage, évidemment, est à prendre avec précaution, surtout venant d'un individu qui tira profit de cette double disparition pour lancer, à destination des touristes, des tours de l'île sur la trace des deux fameux escrocs : www.thekleinandvasconcelos-adventuretours.com. Des tours organisés qui, de surcroît, n'ont aucune validité historique ni géographique puisque, aujourd'hui encore, il nous est impossible de savoir avec certitude si Klein et Vasconcelos se sont rendus au restaurant The Rock sur la plage de Michanwi Pingwe (menu dégustation à 50 dollars sans l'alcool), s'ils ont pu explorer l'ancienne prison de l'île aux tortues et la grotte de Mangapwani d'où étaient embarqués les esclaves (circuit complet à partir de 99 dollars) ni s'ils ont jamais rendu visite à la prétendue sœur de Freddie Mercury dans l'ancienne maison familiale de Stonetown dont ils seraient repartis avec des CD dédicacés et des paréos brodés à l'effigie du défunt chanteur de Queen (journée d'excursion à partir de 200 dollars hors extras).

Nicolo Monti est beaucoup moins naïf qu'il ne se plaît à le laisser paraître et, sous son horripilante bonhomie italienne, se cache un redoutable homme d'affaires qui a su transformer Klein et Vasconcelos en poules aux œufs d'or, allant jusqu'à donner leurs noms à la suite présidentielle du Residence Hotel. Cependant, il demeure notre seule et unique source pour tenter de comprendre ce qui a pu arriver aux deux ex-faux journalistes et essayer de reconstituer les dernières heures avant le drame.

D'après Monti, Klein et Vasconcelos rentrent vers 19 heures à l'hôtel ce jeudi 7 décembre 2011. La nuit est déjà tombée sur Zanzibar et une légère brise agite les feuilles des cocotiers qui longent la plage déserte. Les deux hommes regagnent leur bungalow – une immense villa au toit de palmes, aux murs en lattes d'acajou et aux longues baies vitrées ouvrant sur l'océan – avant d'en ressortir quinze minutes plus tard en tenue de tennis – bandeau, short, chemisette et bracelet éponge. Puis ils se rendent à pied sur le court numéro 3 et se livrent une heure durant un combat enragé avec pour seuls spectateurs les nuages bourdonnants de moustiques qui s'agglutinent autour des quatre gigantesques projecteurs, troublant la nuit australe de leurs cris et de leurs glapissements, que certains clients apeurés décriront plus tard comme « *des hurlements d'animaux perdus dans l'obscurité* ». Après quoi, les chemins de Klein et Vasconcelos se quittent un instant : Klein accomplissant un bref détour par le hammam du spa et Vasconcelos retournant à la villa par le petit chemin bordé d'agapanthes en s'amusant à sabrer les moustiques qu'il croise sur sa route avec sa raquette de tennis. C'est depuis la réception du spa que Klein passera le célèbre coup de fil – à la dénommée Princess ? – qui a alimenté tant de fantasmes et de spéculations. Puis, enrobé d'un peignoir et chaussé de pantoufles en tissu éponge, il emprunte à son tour le petit chemin bordé d'agapanthes et pénètre dans la villa où son collègue se trouve, allongé sur le lit, en train de fumer un joint et de regarder la météo internationale de la BBC. S'ensuit une courte discussion au terme de laquelle Klein décroche le téléphone et appelle le room-service pour commander à dîner – bières, club-sandwichs, glaces au chocolat. Il raccroche enfin et s'approche de la baie vitrée, contemplant pendant plusieurs secondes la lune miroitant sur l'océan et le noir froissement des cocotiers sur le ciel. Alors il tend le bras devant lui, et les stores électriques se mettent à descendre, voilant peu à peu sa silhouette et l'intérieur du bungalow jusqu'à ne laisser plus qu'une fine bande étincelante au sol comme une cicatrice de lumière éventrant l'obscurité. Le reste appartient à la fiction. Nul ne sait, à partir de là, ce qui se passe dans la villa numéro 31 du Residence Hotel de Zanzibar. Aucune piste, aucun témoignage, rien à part le dernier plan de leur pseudo-film autobiographique tel qu'on le découvrit le lendemain dans la chambre où Vasconcelos se balançait, pendu aux pales du ventilateur.

Plan III.
Intérieur. Une chambre. Nuit.

La caméra pénètre dans une chambre et s'approche du lit à baldaquin sur lequel Klein est en train de baiser une jeune et longiligne Black allongée sur le ventre. Les yeux exorbités, la mâchoire serrée, le visage en eau, Klein fixe sa partenaire tandis que celle-ci gémit mollement, perdue dans le feuillage de ses cheveux crépus. Alors la caméra zoome et s'attarde sur le corps de Klein : pâle, fluet, presque un corps d'enfant en comparaison de celui, élancé et musculeux, de la Black qu'il pénètre, fesses serrées et mains en appui sur le matelas, avec une ardeur désespérée. Puis soudain Klein avise la caméra et s'emporte à l'endroit du caméraman : « Arrête ça. Merde. Ça va pas ? » Mais celui-ci ne semble pas l'entendre et continue de filmer Klein en train de sauter avec une sorte d'obstination furieuse la jeune et longiligne Black tandis que celle-ci gémit en sourdine à travers la jungle luxuriante de sa chevelure. Enfin Klein tourne à nouveau la tête et crie : « Merde ! Tu fais chier. C'est quoi ton putain de problème ? » Mais encore une fois le caméraman – ou le spectateur à qui est destiné ce film – semble l'ignorer totalement et concentre son regard sur le visage congestionné de Klein, ses membres frêles et tétanisés par l'effort, son sexe fin et luisant sortant et se renfonçant entre les fesses de la Black. Alors soudain Klein se lève et hurle : « Tu vas arrêter de m'emmerder, espèce de taré. Tu vas arrêter de me faire chier, oui ? » Puis il se rue sur la caméra, qui tangue un instant avant de tomber sur le sol en lattes d'acajou et d'être plongée dans le noir.

14

Voici, si mon compte est exact, ce qu'on retrouva dans la villa de Klein et Vasconcelos après leur mort :

– 2 valises bourrées à craquer de vêtements (fringues de marque, T-shirts griffés, peignoirs d'hôtel, etc.) ;
– 1 nébuleuse de cintres ;
– 1 tortue géante rentrée dans sa carapace ;
– 1 iPod branché sur son deck (sur pause : *Dans ma maison d'amour* de Pierre Vassiliu interrompu à 1 h 37) ;
– 1 fascicule *Visit Freddie Mercury's House in Stonetown* ;
– 25 dollars et 30 cents en monnaie, ainsi que 10 billets de 500 zanzibaris neufs ;
– 1 bout de papier avec un numéro de téléphone précédé du prénom Princess ;
– 1 sachet d'herbe d'environ 3 g ;
– 1 paquet de feuilles à rouler OCB entamé ;

— 3 mégots – avec filtre en carton de cigarette – écrasés dans un cendrier et un autre flottant dans la cuvette des toilettes ;
— 2 plateaux-repas (reliefs de club-sandwich, bières Kilimandjaro, piscines de glace au chocolat) ;
— 1 *Guide du routard* « Colombie », édition 2010 ;
— 1 clé USB vide ;
— 1 photo de la jeune Olafsson maculée (de graisse ? d'alcool ? de liquide séminal ?) ;
— 1 feuille A4 portant le titre *Choses à faire* : « 1° Travailler mon revers slicé ; 2° Envoyer enveloppe à maman ; 3° Nager avec les tortues géantes ; 4° Poursuivre cette liste ;
— 3 DVD sous blister : *La Sirène du Mississippi* de François Truffaut, *Plein soleil* de René Clément et *Zelig* de Woody Allen ;
— 1 contravention de 35 euros pour stationnement illégal établie le 2 août 2010 à Juan-les-Pins à l'encontre d'une Golf GTI blanche immatriculée en Autriche ;
— 1 boîte de capotes Manix éventrée ;
— 1 capharnaüm de mouchoirs ;
— 1 reçu de 1280 pesos uruguayens pour un trajet en bus Colonia de Sacramento-Punta del Diablo ;
— 1 caméra vidéo Sony HandyCam (contenant les trente minutes de leur pseudo-film autobiographique) ;

– 1 appareil photo Nikon D5 avec une carte mémoire SanDisk Extreme III 2 giga ;
– une douzaine de stylos-bille portant le nom d'hôtels de luxe : One and Only the Palm, Grand Hotel Europe, Park Hyatt Baku, Lake Palace Udaipur, Charleston Bogota…
– 3 carnets Moleskine.

Pour une raison encore obscure, les inspecteurs zanzibarites concentrèrent leurs recherches sur les trois Moleskine, persuadés que leur contenu recelait un indice capital à même d'élucider la mort des deux hommes. Les différents gribouillages de Vasconcelos éveillèrent tout particulièrement leur attention et notamment une esquisse, couramment appelée *L'Esquisse mystérieuse*, que d'aucuns ont interprétée comme une sorte de carte au trésor au tracé virtuose et ingénieux et d'autres comme un vulgaire gribouillis indigne d'un enfant de cinq ans :

Carte secrète ou pas, cette piste fut très vite délaissée au profit d'un autre croquis qui souleva une tempête de questions et de controverses parmi les enquêteurs. Celui-ci est plus généralement connu sous le titre de *Triptyque de la transfiguration* et a été récemment présenté à la galerie Thaddeus-Ropac à Paris lors de l'exposition « Dessins scindés ». Le voici reproduit avec l'aimable autorisation de son nouveau propriétaire qatari, le prince XXX :

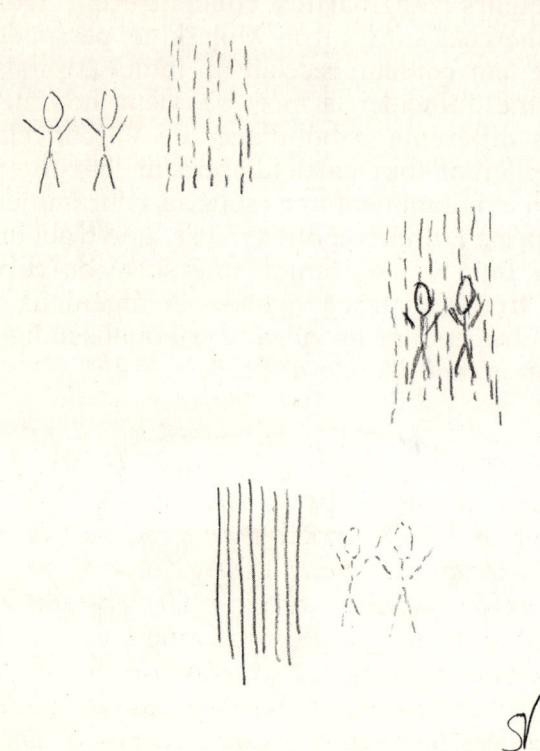

Parabole ? Allégorie ? Testament ? Message encodé ? Récit minimaliste dont la pertinence et l'économie de moyens surpassent toutes les expériences narratives passées et à venir et qui clôt une fois pour toutes l'histoire littéraire contemporaine ? Tout a été dit au sujet de ces trois dessins. La police eut même recours à des graphologues, à des cryptographes et à des critiques d'art afin d'en déchiffrer le sens : en vain. Aucun de ces éminents spécialistes ne put en tirer quoi que ce soit. À court d'idées, les enquêteurs zanzibarites firent venir un illustre marabout en provenance de Dar es-Salaam, qui prophétisa l'apocalypse et ordonna de sacrifier cent singes à crête rouge, coupables d'abriter l'esprit du diable, en les conduisant à un peloton d'exécution que l'on dresserait sur la plage de Jambiani. WWF protesta et le projet fut enterré. À l'évidence, personne n'avait la moindre idée de ce que ces graffitis voulaient dire. Comme si leur signification devait immanquablement échapper à celui qui s'en approchait de trop près. Pour quelle raison ? S'agissait-il d'un simple gribouillage dicté par l'ennui et le hasard ? Un canevas auquel il n'y avait en définitive rien à comprendre ? Ou le sens dissimulé de ces dessins était si vaste, si profond, si monstrueux, qu'il dépassait les limites de l'intelligence humaine ?

À bout de patience, pressés par le temps, ridiculisés par les différentes fausses pistes évoquées, les enquêteurs zanzibarites se rabattirent sur les passages en prose, qui avaient le mérite d'être plus accessibles ou moins avant-gardistes, c'est selon. On prit note des haïkus et aphorismes, on passa en revue les différentes insultes à l'adresse des interviewés, enfin on s'arrêta sur la longue série de titres de romans débutée par Vasconcelos quelque trois ans auparavant. La probabilité de dénicher un indice ou un renseignement était assez grande pour qu'on décide aussitôt d'en dresser un inventaire exhaustif que voici :

Liste des titres envisagés par Vasconcelos
pour son futur chef-d'œuvre à écrire

Une ancre au ciel
Éden Plage
Les Voyageurs immobiles
Mardi matin même heure
La Vie et autres complications
Vérification de la porte opposée
Et nous n'avons fait que passer
Zanzibar
Le Mystère de la chambre 52 du Grand Hôtel Europe
Et vérification de la porte opposée
J'aurais tant aimé revoir Santiago
L'Amour vagabond
Nulle part et jamais
Le Vol AF 1407
La Désinvolture

Ciudad Perdida
Grandeur et décadence de Thomas K.
Quelque part au-dessus du Pacifique Sud
La Traversée infernale
Mort aux vaches (NB : peut-être une insulte)
Un si bref plaisir
Jours de poussière
En vadrouille
La Douloureuse Beauté du monde
Du temps de Björn Borg
La deuxième en sortant à droite (NB : peut-être une indication)
Les Affinités asymptotiques
Œuvres complètes
Le Suicide pour les nuls
Atlas du paradis
06.12.96.28.74 (NB : peut-être un numéro de téléphone)
Tædium vitæ
Croisière parmi les gratte-ciel de glace
Fin de saison
L'Enfant éternel

Il serait possible, grâce à cette liste, d'imaginer quel genre de livre souhaitait écrire Vasconcelos. Encore que... Chaque titre, pris à part, peut ouvrir sur un récit ou une histoire radicalement opposés au récit ou à l'histoire qu'un autre renfermerait par anticipation. Pire : chacun peut contenir *plusieurs* récits ou histoires, multipliant ainsi les pistes et les hypothèses créatives que Vasconcelos se serait proposé d'emprunter. Autant dire que les débats furent encore nourris et qu'ils dépassèrent très vite le petit cercle des inspecteurs zanzibarites pour agiter la critique littéraire internationale, qui assimila tour à tour Vasconcelos au courant de l'autofiction, à celui du réalisme magique, aux écrivains-voyageurs, à la nouvelle fiction, au polar nordique, au manga japonais, à la *chick litt*, à la twittérature, au roman social d'anticipation, à Thomas Pynchon, aux post-hussards de Saint-Germain-des-Prés, au *new journalism*, au roman jdanovien français et au groupe des fanatiques et inconditionnels de Roberto Bolano, faisant de lui *la quintessence de l'écrivain postmoderne capable de réunir sous une même plume tous les styles et les genres littéraires* (Zivonjic).

Mais d'indice, aucun. La police dut se rendre à l'évidence : il n'y avait rien à tirer de ces Moleskine. Quant au reste des affaires, idem : le pseudo-film autobiographique était parfaitement inexploitable et le numéro de téléphone de la dénommée Princess, dont on pouvait présumer qu'elle était la jeune Black qu'on apercevait sur le dernier plan du film, s'avéra à la surprise générale celui du Centre pour la préservation de la genette servaline. L'enquête conclut, faute de mieux, à un double suicide, et l'affaire quitta la chronique judiciaire pour se transformer en feuilleton médiatique. La première mèche fut allumée par Zivonjic avec son brûlot *Les Derniers Jours du capitalisme*. Aussitôt, riposte de Bernard qui qualifia le livre de *ratatouille de sottises* et de *diarrhée nietzschéo-communiste*. S'ensuivirent plusieurs tribunes dans les journaux, puis une longue saison de débats télévisuels où l'on vit tour à tour Bernard et Zivonjic s'époumoner sur le même plateau, puis Bernard et Zivonjic s'époumoner sur des chaînes concurrentes, puis Bernard et Zivonjic s'époumoner en différé à des heures obscures, puis rien du tout... Bernard et Zivonjic furent chassés du petit écran et leur rivalité s'apaisa – soit qu'ils eussent plus rien à se dire loin des caméras, soit que personne n'en eût plus rien à foutre. Ils eurent beau, par la suite, y faire de furtives et sporadiques apparitions à la faveur de la publication d'un nouvel essai ou d'un recueil d'articles – *Notes et considérations ; Nouvelles notes et considérations* ; *Je ne vous ai pas encore tout dit* (Bernard) ; *Les Derniers Jours du capitalisme-édition revue, corrigée et augmentée* (Zivonjic) –, il était devenu évident que le grand public en avait assez de Klein et de Vasconcelos et aspirait à voir de nouvelles têtes. Dont acte.

Et pourtant... Nombreux étaient ceux, dans le sillage de leurs premiers fans sur Internet, qui pensaient que toute la lumière n'avait pas été faite sur l'affaire. Si les deux hommes ne s'étaient pas suicidés, comme le suggère la chronique de leurs derniers jours, alors qui les avait tués ? À rebours de Bernard (crime crapuleux) et de Zivonjic (double suicide), le petit groupe de leurs admirateurs, lesquels avaient créé leur propre page Facebook – signant ainsi le retour triomphal de Klein et Vasconcelos sur le célèbre réseau social qui les avait exclus deux ans auparavant –, développa la théorie selon laquelle les deux hommes avaient fini par s'entretuer, soit que l'un (Vasconcelos) ait tué l'autre (Klein) par jalousie après l'avoir découvert avec la jeune et longiligne Black (Princess), soit que l'autre (Klein) ait tué le premier (Vasconcelos) pour se libérer de son emprise, avant de se supprimer à son tour.

Je dois avouer que je suis assez partisan de cette thèse et j'imagine volontiers l'un des deux complices assassiner son alter ego dans un accès de délire et de paranoïa. La drogue, la chaleur, ce sentiment d'irréalité qui ne les quittait plus : un dérapage était vite arrivé. Pouvaient-ils encore se supporter plus longtemps ? Les états d'âme de Klein, la mégalomanie de Vasconcelos, et jamais une minute à soi ! Même moi, qui ne les ai fréquentés que de loin, je suis fatigué de leurs facéties, et je peux tout à fait comprendre qu'un être moins pusillanime et sédentaire que je ne le suis ait pu décidé de se débarrasser ou de l'un ou de l'autre dans un moment d'égarement. En somme, ils étaient comme deux animaux affamés de rêve qui auraient fini par s'entredévorer dans le désert de leur propre folie. La dernière scène de leur pseudo-film autobiographique suggère le drame à venir sans le montrer ; et au moment précis où la caméra sombre dans le noir, la vérité éclate enfin : la vie ne peut éternellement ressembler à une fiction ; tôt ou tard, la violence du vide nous rattrape, cette *réalité barbare, brutale, muette et sans signification des choses*, comme l'écrit Vila-Matas ; et nos existences au final n'auront été rien d'autre que des scénarios ratés, des scénarios bancals et inachevés.

Klein et Vasconcelos ont toujours refusé d'accepter cette triste vérité et espéraient se jouer du monde le plus longtemps possible. Au fond, les deux hommes sont aussi indissociables l'un de l'autre que je le suis d'eux, et je me surprends à espérer que leurs aventures se poursuivent au-delà de Zanzibar, m'offrant ainsi la possibilité de continuer ce récit trépidant qui m'arrache à mon pluvieux quotidien. Hélas ! Il est évident que leur plan n'avait aucune chance de réussir. Qui peut espérer disparaître aujourd'hui sans laisser de traces ? Qui peut espérer cesser d'incarner ce qu'il a toujours été ? Klein et Vasconcelos seront toujours Klein et Vasconcelos, tout comme je resterai toujours un écrivain fauché, obligé de faire le nègre pour les autres. Incapables de mourir pour de faux, il ne leur restait plus qu'à disparaître pour de vrai. Voilà le fin mot de l'histoire.

Beaucoup cependant refusèrent de considérer leur mort comme un simple fait divers et interprétèrent leur disparition comme un acte politique sans précédent. Une contestation du capitalisme de l'intérieur. Klein et Vasconcelos avaient été les doubles victimes de la précarisation du travail et de l'accroissement vertigineux des inégalités de richesses, phénomène auquel leur métier les exposait tout particulièrement. Soumis quotidiennement à un étalage de luxe auquel ils ne pouvaient prétendre, sinon par procuration, ils avaient fini par nourrir un sentiment d'injustice et de frustration, partagé assez largement dans la population, qui explique leur comportement schizophrénique et leur perte progressive de contact avec la réalité. Perte de contact qui les conduira plus tard à fonder leur propre philosophie économique fondée sur la gratuité, le vol légitime et la propriété temporaire. Cette idée, soutenue par quelques fanatiques, a été parfaitement théorisée par Zivonjic : *Tout le système capitaliste est basé sur l'écartèlement permanent entre notre désir et l'objet de ce désir. La majorité des individus, pour se soulager, cherche à réduire cet écart en consommant davantage. Klein et Vasconcelos ont trouvé mieux : ils l'ont aboli. Ils ont brisé la barrière entre l'offre et la demande, entre la valeur et le bien, entre le rêve et la réalité. Ils ont inventé un nouveau type d'anarchisme nomade libéré de toute autorité économique. Il est intéressant de constater que les deux hommes ont débuté cette croisade révolutionnaire au moment même où les marchés cherchaient à durcir leur pouvoir et bafouaient la légitimité démocratique de certains dirigeants européens (chute de Papandréou en Grèce, démission de Berlusconi en Italie) au cours de ce qui a été communément appelé le "printemps des marchés". À l'instant même où le système, amorçant son déclin, se radicalisait, Klein et Vasconcelos ouvraient une voie nouvelle qui précipiterait sa chute. Il ne s'agissait plus de prendre le pouvoir lors d'un Grand Soir comme les communistes l'avaient rêvé, mais, au contraire, de s'en échapper pour lui ôter toute nourriture. Ils s'agissait d'affamer le capitalisme, de le laisser crever comme les charognes sur lesquelles il s'était nourri si longtemps (Les Derniers Jours du capitalisme - édition revue, corrigée et augmentée).*

Il est à noter que de nombreuses éditions pirates du livre de Zivonjic circulent sur Internet aujourd'hui et qu'il est devenu une sorte d'ouvrage culte pour les tenants, nombreux sur la blogosphère, d'une nouvelle intifada économique dont Klein et Vasconcelos ont déjà intégré le martyrologe officiel. Pour ma part, toutes ces théorisations me dépassent complètement et je doute que Klein et Vasconcelos y aient compris eux-mêmes grand-chose. Mais il n'est pas impossible que, aveuglés par leur ego, ils aient trouvé tout ce raffut autour de leurs personnes logique et somme toute mérité.

15

Naturellement, certains refuseront que les choses en restent là et pousseront l'audace jusqu'à affirmer que Klein et Vasconcelos ne sont pas morts, mais qu'ils ont réussi à maquiller leur disparition en suicide avant de s'échapper sur une île déserte et de couler des jours tranquilles dans un anonymat frugal et ensoleillé. Ce sont les mêmes, à peu de choses près, qui soutiennent qu'Elvis Presley est encore en vie et que Jim Morrison s'est reconverti en pâtre grec à barbe homérique conduisant des troupeaux de brebis à travers les collines du Péloponnèse. Nous ne pouvons rien contre ce genre de croyances infantiles. S'il plaît à ces individus de s'imaginer Klein et Vasconcelos professeurs de planche à voile à Bora Bora ou éleveurs de rennes dans une ferme samie en Laponie du Nord, libre à eux. Et s'ils s'entêtent, en dépit du bon sens, à se rendre chaque année en pèlerinage à Zanzibar pour participer aux tours de l'île organisés par Nicolo Monti ou à se ruiner en collectionnant chez Drouot ou sur eBay les moindres objets et effets personnels des deux escrocs – boîtes d'allumettes, chaussettes trouées, caleçons de marque, reçus de bagages, peignoirs d'hôtel –, grand bien leur fasse. Si l'on écoutait ces illuminés, Klein et Vasconcelos ne seraient rien de moins que des arnaqueurs de génie qui auraient réalisé le coup du siècle : en suggérant d'abord qu'ils allaient simuler leur disparition, puis en laissant croire qu'ils avaient raté leur mise en scène et s'étaient réellement suicidés, alors qu'ils s'en étaient tenus à leur plan initial et vivaient désormais, peinards, à l'autre bout du monde.

Je laisserai le lecteur se faire sa propre opinion quant à la subtilité d'un tel stratagème. Pour ma part, je ne crois pas que les deux complices soient parvenus à s'offrir cette seconde chance après laquelle ils couraient depuis si longtemps ni qu'ils aient réalisé ce vieux rêve impossible de devenir un autre. Si séduisante qu'elle soit, cette théorie est totalement infondée, et Klein et Vasconcelos se sont plus sûrement réinventés en passant de la vie au trépas, puis en devenant l'objet d'un culte ahurissant chez bon nombre de jeunes internautes, qu'en parvenant à s'échapper sur je ne sais quelle île paradisiaque où ils auraient passé leurs journées à se laver nus sous la pluie tropicale au milieu d'une ronde de femmes aux seins bruns et pointus comme des Cornetto au chocolat.

La publication posthume des Moleskine et plus encore de la correspondance Klein-Olafsson n'est pas étrangère à ce mouvement de sympathie et d'enthousiasme à leur endroit. On y découvre un Klein versatile, peu sûr de lui, réclamant toujours un amour dont il doute d'être digne et, en ombre chinoise, un Vasconcelos qui passe ses journées à fumer des joints dans sa chambre, à imaginer de nouvelles stratégies pour gruger les hôteliers et à défier Klein au tennis sur les courts mis à disposition par leurs amphitryons. Certains aficionados se sont même amusés à calculer le score du match Klein vs Vasconcelos en additionnant leurs multiples parties à travers les années – Vasconcelos menait 237 sets à 215, mais Klein était en tête (4 à 1, service à suivre) lorsque la mort les surprit –, bien que ce genre de détails ne présente pas un intérêt fondamental pour la compréhension de l'histoire. Bien plus passionnants en revanche sont les passages, ou devrais-je dire les fragments de chat, où Klein exprime ses doutes, ses angoisses et ses espoirs à la toute jeune Olafsson, qui semble déconcertée, à son âge – 17, 18 et parfois 19 ans –, de devoir réconforter un homme aux cheveux poivre et sel qui l'a draguée au culot dans une rue de Reykjavik en lui proposant de faire des photos – lesquelles ne paraîtront jamais au demeurant – alors qu'elle avait à peine 14 ans.

Une des conversations les plus significatives se déroule quelques jours à peine après la plainte déposée par *Le Monde*. Klein contacte Olafsson et lui explique qu'il ne pourra rentrer en Europe pendant quelque temps. Celle-ci lui en demande la cause, mais Klein demeure évasif, préférant lui cacher la gravité de la situation. La seule chose qui semble l'obséder est le reportage que vient de leur consacrer I-Télé et dont la jeune Olafsson, résidant chez ses parents en Islande, ignore à peu près tout.

K : Tu te rends compte ? Ils n'ont même pas parlé de mes expos ni de ma collaboration avec ce salaud de photographe de mode péruvien. Ils n'ont même pas fait allusion une seule fois à la couverture du *Vogue Japan* que j'ai shootée avec Gisele Bündchen alors que j'avais seulement 25 ans ! C'est comme si je n'avais jamais existé pour eux.
O : Mais c'est déjà génial qu'ils parlent de toi.
K : Tu crois ?
O : Grave ! Ça veut dire que tu es devenu quelqu'un. C'était un reportage uniquement sur toi ?
K : Et Vasconcelos.
O : Mais c'est mortel. Ça a vraiment l'air de décoller pour toi. Tu voyages tout le temps. Tu n'es plus jamais là. Et maintenant tu passes à la télé.
K : Oh ! Et ma campagne de pub pour Burberry's et ma série sur les lolitas d'Europe du Nord et mes quatrièmes de couv dans *Libé* : rien ! Pour eux, je

suis simplement un « photographe de tourisme ». Mais qu'est-ce que ça veut dire, « un photographe de tourisme » ? Est-ce que pour toi je suis simplement un putain de « photographe de tourisme » ?
O : Euh… Je sais pas, bébé. J'y connais pas grand-chose.
K : Dis-moi franchement… Tu crois que mes photos sont nulles à chier ?
O : Mais non. Tes photos sont géniales, bébé.
K : Vraiment ?
O : Elles déchirent. Je les adore ! ☺
K : Mais tu n'as pas l'impression qu'elles manquent parfois de personnalité ? Qu'elles sont trop… influencées ?
O : Mais on est toujours influencé par les autres, non ? On peut pas vivre enfermé dans son monde et zapper ce qui se fait autour de nous.
K : Tu crois ?
O : Mais oui. Regarde-moi… Il y a cette fille au lycée. C'est une vraie bitch, mais tous les mecs sont fous d'elle. Elle se fringue un peu comme Taylor Momsen, la fille de Gossip Girl, tu vois… Le genre blouson en cuir, mini-jupe, T-shirt vintage, bottes cloutées, la dose d'eye-liner… Eh bien, on peut pas s'empêcher de faire comme elle. Parce que tous les mecs sont fous d'elle et que, sinon, on risque de passer pour des loseuses.
K : Merci, mon chat. Ça me fait du bien de parler avec toi. Tu me manques tellement, tu sais.
O : Mais quand est-ce qu'on va se voir, Thomas ? Ça fait déjà deux mois !!!

K : Bientôt, je te le promets. Il faut juste que j'arrange cette histoire avec Vasconcelos.
O : Mais quelle histoire ? Je comprends jamais rien à ce que tu fais.
K : Je t'expliquerai. C'est compliqué. Mais je te promets que je reviendrai bientôt, mon chat. Je t'aime, tu sais. Je pourrais pas vivre sans toi.
O : Tu dis ça tout le temps, mais t'es jamais là. ☹
K : Ça va changer, ne t'inquiète pas. Je vais tout arranger et ils vont voir ce qu'ils vont voir. Plus jamais ils ne pourront dire que je suis un putain de « photographe de tourisme » ! Je vais revenir par la grande porte, mon chat. Tu verras…

Il est assez ironique de penser que la jeune Olafsson ne devait revoir Klein qu'une seule et dernière fois, au moment précis où celui-ci pénétrait par la grande porte de l'église Saint-Saturnin de Nogent-sur-Marne, lové dans les bras de sa mère sur laquelle s'abattait au même instant une volée de regards – proches, anonymes, photographes, enfants de chœur – dans un silence glacial rempli de toux et d'échos. Le contre-jour émanant de la grande porte plongeait cette pietà dans la pénombre, si bien qu'il était difficile de discerner la mère et son fils qu'elle tenait serré contre ses seins et que les deux semblaient former une seule et même personne entourée d'un halo surréel au milieu duquel ils s'avançaient, comme détachés du sol. Puis la jeune Olafsson vit passer Klein devant elle dans ce qu'elle décrira plus tard comme un frôlement de fantôme, ou plutôt une caresse absente, et la foule se rassit dans un remous de chaises tandis que le curé tapotait le microphone pour s'assurer de son bon fonctionnement et que la mère déposait son fils sur l'autel dans sa somptueuse urne funéraire en porcelaine incrustée.

Un autre événement devait bientôt rassembler Olafsson et la mère de Klein, un événement auquel exceptionnellement je fus amené à participer : l'avant-première du documentaire *Looking for Vasconcelos* d'Alban Verhaeghe au MK2 Grande Bibliothèque. Verhaeghe, comme promis, m'y avait invité et j'avais décidé de m'y rendre, lassé de passer mes journées enfermé dans ma maison de campagne au milieu de mes tours de Coca light et de mes murailles de notes.

C'était un soir pluvieux de décembre et une foule nombreuse avait répondu présent malgré le temps effroyable et les manifestations de chômeurs et de travailleurs précaires qui paralysaient le pays depuis plusieurs semaines et menaçaient de le conduire à la ruine après l'appel au boycott général des banques, de la grande distribution et des entreprises cotées en Bourse. À vrai dire, je fus étonné d'une telle affluence, moi qui suis habitué à me tenir à l'écart du monde, et je regrettai aussitôt de m'être aventuré jusque-là. Qu'avais-je espéré ? Caché dans la pénombre de la salle, j'observais les différents protagonistes de l'histoire – la mère de Klein et la jeune Olafsson, Anne S. et le rédacteur en chef de *L'Officiel Voyage*, le célèbre photographe péruvien et un nuage d'assistants, Agnes Walchoffer, ainsi que le juge d'instruction toujours chargé de l'affaire –, mais aucun d'eux ne me semblait *vrai*. Certains riaient, d'autres étaient enchifrenés ; Monti distribuait des fascicules pour ses tours de Zanzibar tandis que l'acteur français en vogue dans les années 80 signait des autographes, mais tous me paraissaient des ternes copies de leurs personnages, des doublures ridicules auxquelles je ne pouvais croire une seconde, et je fus presque déçu d'être venu. Pourquoi ces manteaux gris, ces parapluies secoués, ces nez squeezés dans des Kleenex ? Pourquoi ces sourires empruntés, ces piétinements dans les travées, cette joie surjouée dès que l'un d'eux apercevait une tête familière ? Pourquoi ces toux, pourquoi ces téléphones, pourquoi ces murmures qui font semblant de prendre soin du silence ? Pourquoi ces grincements de sièges, pourquoi ces déshabillages bruyants, pourquoi toutes ces bouches formant des mots inintelligibles qui se transformaient peu à peu en un immense brouhaha inquiétant ?

J'allais partir lorsque Verhaeghe vint me saluer :

— Alors, ce livre ? demanda-t-il.

Était-ce le stress ou la timidité ? Son visage semblait colorié de rouge. Pourtant il avait l'air heureux de me voir.

— Je crois que j'arrive à la fin.
— Tant mieux. J'avais peur que vous laissiez tomber.
— C'est mon job. Je suis payé pour ça.
— Et qui le signera ?
— Est-ce que ça compte vraiment ?
— Vous avez raison. Cette histoire n'est pas la nôtre.
— Et pourtant, elle l'est, à sa façon.
— Si vous le dites.

Nous nous saluâmes, puis Verhaeghe descendit vers la scène ; une salve d'applaudissements l'accueillit. Il se saisit du micro avant de prononcer quelques mots émus et hésitants afin de présenter son film. Je l'entendais à peine, tapi tout au fond de la salle, mais je ne pouvais m'empêcher de penser à Klein et à Vasconcelos, à ces deux êtres sans envergure qui étaient parvenus à nous réunir ici, dans cette salle de cinéma, afin de les célébrer, et ils me paraissaient tellement grands alors, tellement supérieurs à nous tous, que je me mis à les envier, à envier le fait qu'ils soient morts, à envier le fait qu'ils aient substitué à leur vie une autre vie plus ample et plus belle, et je compris soudain à quel point nous étions tous tragiquement prisonniers de nous-mêmes, prisonniers d'un même monde physique irréfutable, dont quelques-uns par chance parvenaient parfois à s'échapper au prix d'efforts démesurés. Alors, soudain, sans que je m'y attende, la salle s'assombrit et le projecteur se mit à vrombir derrière moi.

Que dire sur ce film qui n'a pas déjà été dit ? Verhaeghe y dépeint un Vasconcelos fuyant, mélancolique, doué, invivable, doté d'un orgueil écrasant, capable à la fois de susciter l'admiration de ses pairs et de leur inspirer un fort sentiment de rejet par son goût de la provocation. Une seule scène peut-être suffit à résumer le personnage, une scène qui me bouleversa ce soir-là et continua longtemps de me hanter, comme si le spectre de Vasconcelos était apparu brusquement sur l'écran du MK2 Bibliothèque avant de replonger à jamais dans l'obscurité qui l'avait enfanté : deux hommes sont assis de dos à une terrasse de café en été ; l'un est Alban Verhaeghe et l'autre ressemble étrangement à Vasconcelos, même s'il est impossible de discerner complètement son visage, qui se refuse obstinément à la caméra. En bruit de fond, la rumeur de la rue sur laquelle se déploie lentement la voix blanche et lancinante de Verhaeghe :

« Je me souviens de ce dernier café que nous avions pris rue Montmartre. L'année finissait. J'allais bientôt devenir JRI, Vasconcelos se lançait dans la presse écrite. Nous avions passé deux ans ensemble et j'avais toujours l'impression d'avoir affaire à un étranger. Je ne comprenais toujours pas pourquoi il avait choisi cette voie si lui-même n'y croyait pas et vouait l'ensemble de la presse au diable. Il haussa les épaules. *Au fond, Alban, la pire chose qui nous soit arrivée, c'est le bonheur de nos parents. Parce que nous ne le retrouverons jamais. Nous sommes prisonniers de ce mythe, nous faisons comme s'il existait encore, mais il est mort. Ceux qui nous succéderont, ceux qui marcheront sur nos cendres le savent déjà. Mais nous... Nous sommes une génération sacrifiée, Alban. Nous cherchons encore le regard de ceux qui nous ont aimés. Et ceux qui nous ont aimés ont honte. Ils se taisent, ils détournent les yeux, ils vont se cacher pour mourir comme les bêtes. Ils ne diront jamais que c'est de leur faute. Qu'ils n'auraient jamais dû nous apprendre le bonheur et le progrès et l'amour. Leur héritage est parti en fumée, leurs croyances se sont effondrées. Et nous, que nous reste-t-il ? La nostalgie. La nostalgie d'une époque que nous n'avons même pas connue. Nous ne sommes pas faits pour la vie, Alban. Mais il y en aura d'autres après nous qui recommenceront.* Le soleil déjà déclinait et je devinais que bientôt il me quitterait. Je ne savais pas encore que ce serait pour toujours et que je ne devais plus jamais le revoir vivant. Si je l'avais su, je crois que j'aurais aimé prolonger cet instant, mais Vasconcelos se leva et me serra la main en me souhaitant bonne chance. Au moment même où il prenait congé de moi, une vieille dame qui remontait la rue Montmartre se mit à crier dans notre direction : "Jean, c'est toi ? Jean, je n'arrive pas à y croire. Mon petit Jean !" Vasconcelos se retourna et cligna des yeux comme si le soleil l'aveuglait. La femme, encombrée de sacs, avançait péniblement dans le tumulte de la rue Montmartre, agitant ses bras à destination de Vasconcelos. Mais celui-ci, au lieu de l'attendre, pivota sur ses talons et disparut comme si de rien n'était. "Jean, qu'est-ce que tu fais ? Tu ne me reconnais pas ? Mais attends-moi." Hélas ! Vasconcelos s'éloignait déjà dans le crépuscule de ce début d'été, d'abord une silhouette zigzaguant parmi la foule, puis bientôt un trait noir, puis rien du tout… "Jean ! Reviens, je t'en supplie. Mon petit Jean !" criait la vieille hors d'haleine. Elle s'arrêta ; j'hésitai à me présenter, puis me ravisai. Peut-être l'avait-elle confondu avec quelqu'un d'autre. Peut-être avait-elle aperçu un fantôme. Je ne le saurai jamais. »

Épilogue

Un dernier mystère demeure : le fameux chef-d'œuvre de Vasconcelos. A-t-il jamais commencé à l'écrire ? Pour ses détracteurs, la réponse est claire : non. Il s'agissait d'un simple fantasme, né de son orgueil malade, dont il aimait se bercer pour adoucir les nombreux échecs et désillusions de son existence. D'ailleurs, il préférait collectionner des titres de roman plutôt que de se risquer à en écrire une seule ligne. À contre-courant de cette thèse, le petit cercle de ses adorateurs tient ses carnets, publiés en trois volumes (*Moleskine I, II et III*), pour son véritable chef-d'œuvre : récit, poésie, fragments, dessins, tout y est. La maigreur du propos comme des objets en eux-mêmes – une petite cinquantaine de pages chacun – ne peut les détourner de leur certitude : Vasconcelos a écrit là son grand livre.

Pour ma part, il m'est assez plaisant de penser que certains vont voir dans le présent récit son chef-d'œuvre dissimulé et affirmeront à qui veut bien l'entendre que Vasconcelos en est le véritable auteur. Ils prétendront, comme on peut s'y attendre, que ses aventures ne furent qu'un prétexte à fournir la matière du livre après lequel il courait depuis si longtemps et qu'il a désigné un autre – moi-même – pour les relater. En creusant cette hypothèse pour le moins saugrenue, on peut même imaginer qu'il ait réuni lui-même toute la documentation nécessaire – reportages, rapports policiers, chat Internet – avant de me l'envoyer via mon éditeur. Et tandis que je m'évertuais à rédiger ce livre, celui-ci m'était en réalité dicté par Vasconcelos qui en supervisait le contenu. Mieux encore : il avait anticipé les moindres détails de l'ouvrage à venir jusqu'à son tragique dénouement. De telle sorte qu'à l'instant où il glissait la tête à travers le nœud de la corde attachée au ventilateur de sa chambre du Residence Hotel à Zanzibar, après avoir préalablement assommé et ligoté Klein à un poteau sur la grève de Jambiani, il avait non seulement écrit en pensée les treize premiers chapitres de ce livre, mais également les deux derniers, réalisant ainsi la première autobiographie par anticipation. La cérémonie funéraire en l'honneur de Klein, la sortie du documentaire d'Alban Verhaeghe et même le succès inattendu de ses fameux Moleskine : il avait tout prévu de longue date, laissant le soin à un tiers – l'écrivain fantôme désigné par le biais de l'éditeur – d'en modifier les détails discordants si besoin était...

Mais pourquoi avoir choisi un nègre ? La réponse va de soi : parce qu'il était incapable d'écrire lui-même. Comme de nombreux aspirants écrivains, l'écart entre son désir et la réalisation de celui-ci était infranchissable. D'où sa propension à se servir chez les autres, ainsi qu'on peut le voir dans le court extrait du documentaire d'Alban Verhaeghe où un Vasconcelos sans scrupules vole une dissertation à un élève de sa classe durant le cours de Hédi Kaddour. Et de la même façon qu'il empruntait l'identité des autres, Vasconcelos aura emprunté la mienne pour rédiger son chef-d'œuvre. Peu importe le nom qui apparaîtra sur la couverture du présent ouvrage : que ce soit le mien ou celui d'un autre, on se figurera toujours qu'il s'agit de Vasconcelos, camouflé derrière l'un de ses éternels pseudonymes.

Que puis-je répondre par avance à de telles attaques ? Sans doute faut-il y préférer le silence. Klein, Vasconcelos ou moi-même, qui sommes-nous au final ? Qui pourrait nous différencier dans la masse des cellules microbiennes, agitées d'obscures et puériles ambitions, qui constitue le gros de l'humanité ? Peu importent les livres, les voyages : on en revient toujours au même point. Et la seule gloire qui nous est échue est celle d'avoir essayé quand bien même nous savions que tout était vain et perdu d'avance.

11323

Composition
NORD COMPO

*Achevé d'imprimer en Espagne
par CPI
le 5 septembre 2016*

Dépôt légal septembre 2016
EAN 9782290123461
OTP L21EPLN001482N001

ÉDITIONS J'AI LU
87, quai Panhard-et-Levassor, 75013 Paris

Diffusion France et étranger : Flammarion